Carolina Grau

CAROLINA GRAU
D. R. © Carlos Fuentes, 2010

De esta edición:
  D. R. © Santillana Ediciones Generales, S.A. de C.V., 2010
  Av. Universidad 767, Col. del Valle
  México, 03100, D.F. Teléfono 5420 7530
  www.alfaguara.com.mx

Primera edición: octubre de 2010

ISBN: 978-607-11-0721-3

D. R. © Cubierta: Leonel Sagahón, interviniendo el óleo "With Violets Wreathed and
         Robe of Saffrou Hue", de John William Godward.

Impreso en México

ALFAGUARA

Carolina Grau

Carlos Fuentes

El prisionero del Castillo de If

1.

He perdido la libertad. Temí perder la memoria. Llevo catorce años encerrado en el Castillo de If. Me las he ingeniado para cubrir las paredes de mi prisión con mapas del cielo, cálculos de los movimientos del mar y distancias entre la cárcel y las islas más cercanas: Tiboulet, Le Maire... He omitido toda mención de la isla de Montecristo. Tú podrás objetar: nada se disimula mejor que aquello que se muestra. Lo sé. Mi decisión de no hablar de Montecristo es otra. Ya lo sabrás.

Por ahora, escucha cómo rascan mis uñas la piedra que nos separa, cómo araño el cemento que nos divide. Piensa lo que quieras: ¿es un rumor de ratas o un silencio de hormigas? Yo sigo excavando con la vana esperanza de encontrar una ruta de evasión. Estoy rodeado de agua. Sin duda uno de mis túneles debe abrirse al mar. He ido desechando ideas imposibles. La razón de la imposibilidad es la facilidad. ¿Matar al carcelero? ¿Robarle las llaves? No lo pienses siquiera. El carcelero tiene su carcelero y este al suyo y así al infinito. Tú y yo somos los eslabones finales de una larga cadena de sumisiones. Así está ordenado el mundo, mi joven amigo. ¿Hay otra salida?

Quizás el azar sea parte del orden invisible de las cosas. Buscaba la manera de escapar del Castillo de If arrojándome al mar, nadando hasta donde mis fuerzas alcanzaran o, con suerte, salvado por una lancha de pescadores o una tartana de los contrabandistas que surcan estos mares.

Era consciente de que llegar al agua era, en sí misma, una posibilidad aleatoria. Más probable sería acabar estrellado contra los acantilados del castillo. Casi seguro, caer prisionero de nuevo o ser alcanzado por una bala de los guardias.

Imagínate mi sorpresa al terminar de excavar el túnel y encontrarme contigo en la celda vecina a la mía. Celebremos. No obtuvimos la libertad, ganamos la compañía. ¿Hay algo mejor?

¿No contestas? Te entiendo. No sé cuánto tiempo llevas encerrado aquí. Veo por lo largo de tu barba y de tu cabellera que por lo menos tres o cuatro años… ¿Te sorprende que yo te vea y tú a mí no? ¿Aún no te acostumbras a la oscuridad de este pozo? ¿Por qué gritas? Cállate, por amor de Dios. ¿Quieres que acudan los guardias y nos encuentren juntos? No grites, insensato. Si creen que te volviste loco, te llevarán lejos de aquí, al manicomio de Charenton. ¿Qué dices? ¿Que no estás loco, que gritas por alegría? ¿Que llevas años no oyendo otra cosa que el movimiento tribal de las arañas y el tiempo que tarda en formarse y caer la gota de agua del techo?

—No soy loco furioso —dices bajando la cabeza—. El cautiverio me ha quebrado. Me da miedo hablar solo.

Entre la pelambre que cubre tu rostro y tu cabeza, yo admiro un perfil noble y un espíritu humilde. En tu mirada cautiva, veo cómo se agita la nostalgia del aire y del mar. Seré prudente. Estás vencido pero tienes esperanzas. Yo voy a aumentarlas.

—Me da miedo hablar solo.

2.

Hemos acordado un horario que te permita pasar a gatas de tu celda a la mía. Nos separan apenas veinte pies. La distancia física es pequeña; la diferencia intelectual, gigantesca. Me cuentas las razones simples de tu cautiverio. Eras el segundo de a bordo del barco mercante *El Faraón*. El capitán murió en el trayecto y te pidió —fue su última voluntad— que te detuvieras en la isla de Elba a recibir una carta que luego entregarías en Marsella. Danglars, tu segundo, te reprochó la escala y la pérdida de tiempo. Tú alegaste que no podías dejar de cumplir los deseos de un moribundo. Tú mismo tenías impaciencia. En Marsella te esperaban tu anciano padre y tu novia Mercedes, con la cual contraerías matrimonio la noche misma del arribo a puerto, a pesar de la contrariedad del primo y suspirante de Mercedes, Fernando Mondego. Pero en medio del banquete, fuiste arrestado y conducido ante el procurador Villefort, al que ingenuamente le entregaste la carta que te encomendaron en la isla de Elba. El procurador leyó la carta y te envió a esta prisión, donde eres sólo el número 34: cordero

inocente, te condenaste a ti mismo. La carta
maldita iba dirigida al padre del procurador, un
renombrado bonapartista cuyo partidismo
comprometía la posición del hijo en el régimen
monárquico restaurado. Fuiste, sin saberlo ni
quererlo, un emisario del regreso de Bonaparte
y la aventura de los Cien Días.

Ingenuo. Inocente. No te has pregunta-
do siquiera: ¿A quién le conviene mi cautiverio?
Te abro los ojos. Ya sabes quiénes te burlaron.
Ya conoces a tus enemigos. El segundo de a
bordo. El suspirante a la mano de tu novia. Y el
fiscal, protector de su padre al precio de tu libertad. Te abro los ojos: ya nunca serás el marino imberbe a punto de volverse loco en un
hoyo del Castillo de If. Ya tienes una misión en
la vida: vengarte de tus atroces enemigos. Te
faltan las armas de la *vendetta*: el conocimiento
del mundo y de las pasiones, las debilidades de
tus adversarios y los medios para destruirlos.
No basta el dinero para dominar. Se necesita,
sobre todo, la inteligencia.

Veo en tu mirada dos luces antagónicas:
quieres vengarte pero eres prisionero; eres prisionero y no sabes cómo escapar.

—¡Ah! —exclamo—. No hay prisionero
para la mente y el conocimiento. Yo te daré la
sabiduría, pues la primera cárcel del hombre es
la ignorancia…

Así empezó mi curso expeditivo de tres
lenguas muertas, cinco vivas, astronomía y
geografía (mi alumno creía que cada atardecer
el sol desaparecía dándole la vuelta a la tierra inmóvil), finanzas (altas y bajas, pues estas

sostienen a aquellas), política (yo hice mis armas en la Italia irredenta como secretario del cardenal Rospigliosi, con la esperanza de unificar la península) y sobre todo la pasión, pasión de la venganza, pasión del dinero, pasión del sexo, pasión del poder. Fui llenando gota a gota, hasta convertirlos en un torrente, los odres vacíos del alma inocente de Edmundo Dantés.

Formé su espíritu como se crea una estatua a partir de la arcilla: le di ojos de lobo para ver de noche, orejas de conejo para escuchar de lejos, ojos de águila para ver en todas las direcciones, nariz de topo para escarbar la tierra, boca de león para devorarlo todo, colmillos de víbora para envenenar el paraíso y sobre todo lo que sólo un italiano como yo puede enseñar: mantener las apariencias de una cortesía extremada mientras el corazón ruge con la impaciencia del mal y la venganza se domina a sí misma como un tigre que adivina de lejos a sus víctimas. Yo te enseñaré a combinar la bella figura con la virtud, la necesidad y la fortuna, para que alcances tus fines sin sacrificar la belleza en el altar del crimen.

3.

Me ofendió. Edmundo Dantés me ofendió seriamente. Tras tres años de educarlo con un esfuerzo no ajeno a la satisfacción, le revelé mi secreto. Yo, el abate Faría, era dueño del mapa de un tesoro fabuloso escondido en una cueva de la isla de Montecristo. Dantés me miró con incredulidad total. Él conocía ese islote al sur de Marsella. Era un islote que aparecía en el mar como la cúspide de una montaña hundida. Allí sólo había cabras y espinas. Dantés se rió. Su mirada era elocuente: me consideraba un loco inofensivo.

Tuvo la consideración de estudiar el mapa y de interrogarme con el ceño. ¿De qué servía esa ruta del tesoro a dos prisioneros que jamás saldrían del Castillo de If? Sentí en su disposición varias actitudes desagradables. Una, llevarme la corriente. Otra, tranquilizar al loco a fin de compartir sin rija la buena (la única) compañía de la cárcel. Otra más, convencerse de que yo era un hombre cuerdo en todo menos una cosa: la fantasía del tesoro de Montecristo. Vi con claridad a través de estas razones simplonas. Lo que ya nunca sabrás, Dantés, es hasta qué punto ofendiste mi honor, mi sabiduría y aun mi vanidad con una actitud que era la de un carcelero más, no la de un amigo: el abate está loco, sueña con tesoros inexistentes, nos pide, incluso, que lo llevemos del castillo a la isla para probarnos que dice la verdad y nos ofrece, si la historia es cierta, la mitad del tesoro, y si no, regresará con mansedumbre a la celda.

Así piensan los carceleros. No seas igual a ellos.

La actitud de Dantés me provocó enojo primero, en seguida desilusión. ¿De manera que yo había desperdiciado tres años en sacar de la ignorancia a un marino marsellés, dándole las armas de la cultura, las buenas maneras, la política? Nunca hables de lo que desconoces. Sé más receptor que emisor de conversaciones. Espera a que tu enemigo demuestre lo que no conoce antes de decir lo que tú sabes. El cuchillo va a la derecha y el tenedor a la izquierda. La servilleta se pone sobre el regazo y se coloca con displicencia donde caiga al terminar la cena. El cío es para limpiarse los dedos. Toda mujer quiere saberse bella y todo hombre inteligente, pero no extremes los piropos hasta la incredulidad o el absurdo. No hay política sin mentira ni amor sin vanidad. Da la vanidad a los políticos y las mentiras a tus amores. La necesidad estimula la acción política. Pero en su nombre se traiciona y se asciende. La virtud es prueba de tu libre arbitrio. Pero también puede ser máscara del hipócrita y de la mera apariencia.

La fortuna, en fin, tiene nombre de mujer. Precávete de ella. Recuerda que dura más quien menos depende de la fortuna.

Me repito hoy cuanto le dije entonces a mi muy aventajado alumno, cuya mente era un campo salvaje al que había que desbrozar, haciéndole surcos y sembrando semillas… ¿Esperaba la gratitud? No, porque el sentimentalismo hubiese negado mis enseñanzas: la frialdad como una política social. Presentarse ante los enemigos tranquilo, sin odio.

Una cosa le agradecí a Dantés, y es que a diferencia de mis carceleros, nunca dijo: "Si el abate fuera rico, no estaría en la cárcel". Me bastaba esa prueba para confiar en él y sentir que mis enseñanzas no eran en vano. Si el prisionero de al lado me hubiera dicho: "Si es usted tan rico, ¿por qué está en la cárcel?", habría dejado de hablarle. Habría clausurado el túnel, condenando al marino a la soledad. No, él creyó en mí dentro de los límites de la cortesía y sin hacerme blanco de la burla. Tomaré siempre en cuenta esta diferencia cuando yo determine el porvenir de Edmundo Dantés.

Ese destino contrasta con el mío, porque Dantés le teme al olvido. Yo le temo a la muerte. Es por ello que me acerco a ella como se tienta a un amante: para poner a prueba su cariño. ¿Es el sufrimiento una etapa indispensable del amor? Eso le dije una noche a Dantés: "Ya no me quedan fuerzas para sufrir más, amigo mío. A ti, sí". Ya no sé si lo afirmé o lo interrogué: "¿A ti, sí?". Una leve entonación cambia el sentido de una frase, dándonos a entender las contradicciones que se esconden, como animales acechantes, en toda mente humana. "A ti, sí". "¿A ti, sí?". Bastaba esa leve inclinación de la afirmación a la pregunta para establecer la diferencia entre lo que pasaba por la cabeza de Dantés y lo que tenía lugar en la mía. El "A ti, sí" de Dantés eran palabras de seguridad. Él había resistido todas las pruebas, desde la inocencia inicial hasta las del desencuentro actual. Noté en cada etapa una sensación de fortaleza. Fuerte para sufrir la injusticia, fuerte para resistir el tiempo de la cárcel, fuerte para escapar de aquí, fuerte para ejercer la venganza… Era yo, Faría, quien debía convertir la afirmación en duda. ¿Me quedan fuerzas? ¿A mí, sí? Y la respuesta era negativa. A los sesenta y nueve años, después de diecisiete en esta cárcel, no me engañaba: tenía pocas fuerzas y no las podía malgastar ni confiar en ellas como Dantés.

Gracias a la compañía del impetuoso marinero mi discípulo, me di cuenta cabal de mi dilema. Él podía darse el lujo de esperar. Yo no.

4.

Creo haber sido generoso. Fortalecí su ánimo de mil maneras. Le enseñé a fabricar bandas de papiro con jirones de la ropa. Le demostré cómo convertir en pluma fuente un cartílago de merluza. Me preguntó: ¿y la tinta? Le respondí: con sangre. La tinta se hace con sangre. Todo lo que importa se escribe con sangre.

Lo informé. Extraje del escondite en la pata de mi catre el cilindro y del cilindro el mapa de la isla y la ubicación del tesoro. Era un papel blanco y vi el escepticismo en la mirada de Dantés. Acerqué el papel al fuego y se volvió amarillo, revelando la escritura de una tinta misteriosa y simpática. El mapa estaba medio quemado, pero yo rehice el texto, usando la lógica para completar las frases incendiadas. Dantés no entendía la letra gótica. Se la descifré.

—¿Dónde aprendió todo esto?

—En las cortes de Italia.

—¿De dónde viene el tesoro?

—Perteneció a la familia Spada.

—¿Por qué lo escondieron en la isla, en vez de disfrutarlo?

—Porque Spada fue hecho cardenal e invitado a cenar por el Papa Alejandro VI y su hijo César Borgia.

—¿Qué tiene que ver?

—Si te invita a cenar el Papa, haz tu testamento. Spada besó el anillo envenenado del Pontífice y murió esa misma noche. Con sabia previsión, había escondido su fabulosa fortuna en la isla. Los Borgia fueron burlados por la muerte. De Spada sólo heredaron lo mismo que le ofrecieron: el capelo cardenalicio. Un sombrero rojo como la sangre.

—¡Qué increíble historia!

—Nada es increíble en Italia, Dantés. Ese país es una alcachofa.

—¿Cómo se come? —rió Dantés.

—Hoja por hoja. Italia nos enseña la paciencia y a ti te hará falta. Italia no se precipita. Mírame a mí. Quería la unidad italiana y por ello me mandaron a la cárcel. La unidad la trajo mi carcelero, Bonaparte. De mí se olvidaron. La historia se escribe sin lógica pero con víctimas. Italia está maldita.

—¿Y nosotros, abate, usted y yo?

—Ah, Dantés, piensa que eres el hijo de mi cautiverio.

—Extraño a mi viejo padre. ¿Habrá muerto?

—Acéptame como tu verdadero padre.

—Gracias, señor, pero no puedo. Sueño con regresar a Marsella, besar a mi padre, casarme con mi novia, reasumir el mando de mi nave…

Sentí en ese momento que tus ambiciones eran muy pequeñas, Dantés. ¿Y los tigres bípedos que te engañaron y te enviaron aquí? ¿En ellos no piensas? ¿Tan bondadoso eres que sólo piensas en las dulzuras de la vida, olvidando sus acíbares? ¿O debo concluir, Dantés, que si logras escapar del Castillo de If vas a volver de nuevo a tus hábitos sencillos, a la simpleza del alma, al olvido de la venganza? ¿No te han servido de nada mis lecciones? ¿He perdido el tiempo contigo? ¿Te sientes tan compadecido de mi edad y de mis tribulaciones que quieres imitarme en la bondad, olvidando que tu misión es la venganza?

Me respondo a mí mismo, generoso anciano que soy: No, desde ahora, aunque me sobreviva y se quede para siempre en la cárcel, Edmundo Dantés ya no tendrá una cabeza deshabitada. Podrá leer en los muros de mi celda la historia del cielo y de la tierra, podrá hablarse a sí mismo en cinco lenguas vivas y hasta tres lenguas muertas, podrá alabar a su novia en griego, pero dudo que maldiga a sus enemigos en hebreo. Carece del fuego de la intriga y la pasión de la venganza. Sus odios son fuegos fatuos; los extingue una bondad intrínseca. Prefirió ser "normal" a ser excepcional. Sabrá que el cuchillo en la mesa se coloca a la derecha, pero no sabrá enterrarlo en el corazón de Danglars, Mondego, Villefort, no sabrá arruinar al banquero codicioso, ni someter al militar traidor, ni denunciar al juez venal. ¿Para qué, entonces, darle a Dantés más de lo que la vida le quitó?

5.

No sé cuál sea mi suerte. Si me entierran en tierra arable, podré escarbar y salir. Si soy sepultado bajo tierra pesada, me sofocaré. Si arrojan mi cadáver al mar, podré morir estrellado contra las rocas. Precipitado cincuenta pies al mar, puedo ser balaceado si descubren a tiempo mi ausencia. En todo caso, deberé nadar una hora antes de alcanzar la tierra firme o una isla.

La evasión mejor pensada depende del azar.

Los carceleros no se extrañaron de mi escaso peso. Saben que como muy poco: ellos me alimentan. Voy dentro de la mortaja a donde me introduje abriéndola con la finísima daga que escondo entre mi luenga y trenzada cabellera, una daga finísima. Me cargan entre dos guardias a lo largo de las escaleras podridas y las galerías malolientes del Castillo de If. Escucho rumores carcelarios de cadena y llave, de portón y gozne. De súbito, me pega en la boca de la nariz el aire fresco y el sabor salobre del mar.

Ciego en mi mortaja, corren por mi cabeza embrujada al límite de la lucidez los acontecimientos del último día. Pero los hechos son precedidos (y presididos) por las razones. Hechos: introduje una poción herbolaria para el sueño prolongado en la taza de agua de Edmundo Dantés. Esperé a que se quedara dormido y regresé a mi propia celda. Allí, tomé una segunda poción que ingerida a tiempo permite fingir la muerte durante las próximas doce horas. Las calculé de acuerdo con el puntual arribo de los carceleros. No supe qué sucedió, pues cuando recuperé el conocimiento ya iba cosido dentro de mi mortaja rumbo al cementerio del Castillo de If.

Desperté con la mente más lúcida que un doblón ecuatoriano. Tan lúcida que vi más claro y más lejos que Edmundo Dantés. Mi joven amigo, encarcelado hasta el fin de sus días en el Castillo de If, no habría sabido qué hacer con la libertad. ¿Para qué darle a él más de lo que la vida le quitó? Su pasado es corto, tiene tiempo, el mío es largo y mi vida se acaba. Entiéndeme, Dantés. Te dejo prisionero mientras asumo los riesgos de la fuga. Quisiera prometerte que yo, el abate Faría, llegaré a la isla de Montecristo y luego emplearé el tesoro para vengarte de tus enemigos. Los aplastaré uno a uno, les arrebataré felicidad y fortuna, no descansaré hasta verlos humillados, arrepentidos y al cabo, muertos: Danglars, Villefort, Mondego.

Quisiera, pero no lo haré. Tu libertad no es la mía.

Mientras tanto, tú permaneces prisionero en el Castillo de If, un Tántalo involuntario qué jamás tocará los frutos que conoce y que no merece. La verdad, mi amigo, es que yo necesitaba a otro prisionero que tomara mi lugar y transmitiese, un día, las vestimentas deshebradas de mi sabiduría al siguiente prisionero injustamente encarcelado en la celda 34, comunicada a la mía por un túnel de veinte pies de largo.

Enloquece, Dantés, hablándole al siguiente preso de los tesoros de la isla. Toma mi lugar, Dantés, como narrador enloquecido de esta historia.

¡Qué alegría! Vuelo como un pájaro herido. Caigo al mar. Rasgo mi mortaja con la navaja de mis trenzas. Floto en silencio. Me recogen los contrabandistas. Llego a la isla. Me despido de mis salvadores. Soy un viejo loco. Levantan los hombros y despliegan las velas. Yo penetro las cuevas de la isla. Llego al tesoro oculto del cardenal Spada. No me atrevo a abrir el cofre. No quiero una desilusión más en la vida que me queda. Me siento enfrente del cofre.

La isla no se llama Montecristo.

¿Me esperaría aún, después de tantos años, Carolina Grau?

Brillante

Primero, creí que el brillo de mi estómago era un don especial de la naturaleza (o de Dios) cuando se manifiesta en el embarazo de una mujer. Me brillaba el vientre del ombligo al pubis. Yo no me sentía alarmada, sino bendita. Recordaba la noche en que mi marido me embarazó y no pude excluir la posibilidad de un milagro. O por lo menos de una ocurrencia sobrenatural.

Poco a poco, sin embargo, el brillo se fue desplazando del vientre a la vagina. El estómago quedó abultado, pero perdió esa extraña luminosidad que lo alumbró durante los primeros ocho meses del embarazo. Como una llama indolora, el fuego se instaló en la abertura de mi sexo y nada lo extinguió, ni las obras de la naturaleza ni mi repentina ansiedad por bañarlo y limpiar con toallas algo que se parecía cada vez más a una excreción impura.

A los nueve meses, el niño nació. La luz me abandonó. El dolor del parto me desmayó por unos instantes. Me despertaron las nalgadas que la comadrona, con exclamaciones de cariño vulgar, idénticas a la vida que celebraban y a la violencia que auguraban, le daba al bebé. Me devolvió a la calma el primer grito del niño.

Alargué los brazos para apretarlo contra mi pecho.

—Deje que primero lo lave —dijo la comadrona—. Tiene un como líquido pegajoso en el cuerpo.

Así es, pensé con toda simplicidad. Así es.

—Que no se le quita, que no se le va —gruñó la mujer devolviéndome al niño desnudo y posándolo sobre mis pechos.

Entonces vi que el bebé brillaba. Convoqué fuerzas para apartarlo de mí, levantarlo en alto y verlo mejor. El brillo de su cuerpo no teñía la carne. Era más bien como un velo sutil que lo rodeaba. Era un aura que lo acompañaba como la luz de un santo desparramada por todo el cuerpo.

Le puse Brillante al niño en un afán desproporcionado de disimular su extrañeza con el trato cotidiano. Siempre hube de vestirle como si viviese en un invierno perpetuo. Mitones en las manos. Ropas que subiesen al cuello y descendiesen a los tobillos. Calcetines a toda hora. Y la cabeza tocada por un casquete de aviador con gafas que yo le instaba a colocarse sobre los ojos lustrosamente amarillos, de modo que sólo quedaban expuestas sus mejillas doradas y mi explicación espontánea:

—Es que sufre de fotofobia. Le hace daño el sol.

Como un acto de esperanza, le compré al bebé ropa para un niño de siete años. Doblé y cosí las mangas y los pantalones. Él se iría adaptando a los tamaños, sin necesidad de salir de compras. Fuera de la anomalía, Brillante era un chico amable que empezó a desarrollar muy pronto aficiones peculiares por los mapamundi que copiaba en sus cuadernos, sólo que primero les inventaba nombres nuevos a los países y al cabo, al filo de los ocho años, empezó a dibujar mapas de continentes imaginarios, dotándolos de fronteras tan provisionales como el tiro de dados a los que Brillante sometía el destino bélico de sus naciones de papel. Yo le escuchaba mientras jugaba. Acompañaba sus movimientos con voces divertidas, imitando a sus imaginarios generales y soldados, a reyes y a princesas. Podía hablar con la humildad de un recluta, la soberbia de un general, la difidencia de un rey, el soborno de un camarero...

Tras el nacimiento de Brillante, yo me trasladé de la gran urbe donde había vivido con mi marido a un paraje del campo bastante aislado adonde sólo llegaban, de vez en cuando, excursionistas que me pedían agua. Yo bajaba sola al pueblo a comprar comida, recibir y enviar el correo indispensable, cobrar en el banco mi pensión de viuda y dejar la administración de mis pocos —muy pocos— bienes urbanos a los abogados.

Brillante crecía en un mundo propio, aislado pero satisfactorio. Yo le enseñé a leer y a escribir. Desterré los periódicos, las revistas, la radio. Me propuse liberar a mi hijo a la pureza de su imaginación y a creer que el mundo era el mapa del mundo, más real en el Atlas que en la vida.

Todo estaba en orden hasta que cerca de los ocho años, Brillante vomitó oro.

Regresé, alarmada, a la ciudad. ¿Qué debería hacer? El ataque de oro se repitió dos, tres veces. Brillante arrojaba su vómito dorado sin inmutarse, sin convulsiones. Pero en su mirada, si no había alarma, sí cabía la interrogación. Mi hijo no necesitaba hablar para preguntarme,

—¿Qué me pasa, mamá?

y mirarme fríamente cuando yo, su madre, no podría decirle sino algo idiota, es algo pasajero, hijo, es normal a tu edad, sabiendo que me mentía mí misma al mismo tiempo que a él. El alarmante suceso que nos devolvió a la ciudad me empujaba de regreso a la proximidad de médicos y clínicas. Sobre todo, me movía una urgente aunque misteriosa necesidad de volver a las habitaciones que compartí con mi marido, antes del nacimiento de Brillante.

Por todo esto regresamos al apartamento en la ciudad. Brillante lo desconocía, pues habíamos partido al campo cuando él era un bebé. Encontramos las cosas tal como las dejamos. En la repisa de la chimenea y al lado de la cama habían quedado sendas fotografías de mi marido muerto, el padre de Brillante, Juan Jacobo.

Me preparé a responder la inevitable pregunta del niño, ¿ese quién es?, porque en la casa del campo, por un inexplicable prurito de romper con el pasado y darle a mi hijo una vida totalmente nueva, separada, sin reminiscencia alguna, no había dispuesto ninguna foto que le permitiese a Brillante compararse con nadie sino sentirse normal.

Ahora, enfrentado de súbito al retrato de su padre, Brillante no se inmutó. Miró seriamente al hombre de mirada clara y sonrisa ausente. Inclinó la cabeza como se hace en un duelo y murmuró con suavidad,

—Hola, hijo.

No puedo comunicarles mi horror. La voz del hijo saludando la fotografía del padre, era la voz del padre. ¿Cómo iba yo a desconocerle, si fue la voz con la que saludó por primera vez en una cena, la voz con la que contó anécdotas simpáticas, la misma voz con la que me enamoró, pidió mi mano, tomó mi cuerpo y me murmuró al oído, te quiero, Carolina, te querré siempre, hasta la muerte?

Quise desechar el temor. Recordé (y no supe por qué motivo pude, así fuese por un momento, olvidarlo) que Brillante era un gran imitador de voces. No, era inventor de voces, no podría imitar lo que no conocía. Y sin embargo, su voz ante la foto era la voz de la foto. La voz del padre.

Atribuí a una confusión pasajera el hecho de que, además, mi hijo llamase "hijo" a su padre.

—Es tu papá, Brillante, que Dios tenga en su gloria.

Brillante asintió con seriedad.

Acaso, ya al filo de los ocho años, la voz comenzaba a cambiarle a Brillante. Un chico tan particular, aislado en el campo y abandonado a las fuerzas de la imaginación, había desarrollado, como ya les conté, las dotes de la mímica de voces.

Si esta vez me sorprendí fue porque Brillante, ante la fotografía de su padre muerto, por primera vez imitaba a la perfección la voz de mi marido Juan Jacobo.

¿Qué profundo impulso hereditario llevaba al hijo a reproducir con tal similitud la voz de su papá? Ustedes entienden por qué me sorprendí. También entenderán que al cabo de unos cuantos días, no habiéndose repetido el hecho y mediando el olvido, que pronto apacigua los eventos más extraordinarios, expulsándolos de la sensación inmediata, todo volvió a la normalidad.

Si así puede llamarse a la situación poco usual de mi hijo, su brillo permanente y no disimulable, acompañado de tarde en tarde por el vómito dorado. También entenderán ustedes que, como madre, yo amaba al niño y vivía acostumbrada a su rara condición. Brillante, en cambio, no parecía ni consciente ni extrañado de su brillo. No retiré los espejos de nuestro apartamento. Mi hijo no era un vampiro. Se reflejaba de manera normal en el agua. Se bañaba y se peinaba con tranquilidad. El hábito de ocultamiento que le impuse un día era eso, habitual en él, y hasta los siete años me las arreglé para ajustarle la ropa, prendiendo dobladillos a fin de descoserlos poco a poco y alargar el pantalón, desechando paulatinamente las ligas que le mantenían altas las mangas que poco a poco sus brazos alargaron.

Sólo que al filo de los ocho años, el propio Brillante me pidió que lo llevara a una tienda a comprarle ropa nueva. Fue nuestra primera disputa.

La ropa todavía aguanta, hijo.

Es que quiero escogerla yo mismo.

No te apures, yo te la traigo.

Estoy creciendo, mamá.

Siempre serás mi bebé.

Sonreí. Le acaricié la cabeza. Me rechazó por vez primera y me preguntó, ¿por qué sabía que existían tiendas, si nunca habíamos ido a una?

En el edificio de apartamentos me encontraba a los vecinos, quienes fieles a su tradición, me hacían preguntas antipáticas sobre el niño.

¿Cuándo nos presenta al niño?

¿Por qué no sale a jugar?

¿Por qué no va a la escuela?

¿Está enfermo?

Sí, les contestaba, está enfermo, no puede salir.

¡Ay! ¿No es algo contagioso?

No, de verdad que no, está lisiado, no puede caminar.

¡Ay! ¿Entonces qué hacía jugando en el parque con los otros niños?

Imaginen mi alarma. Por conversar con los vecinos en la azotea, dejé la puerta del apartamento abierta y desde allí, con la ropa mojada entre las manos, dirigí la mirada al parque vecino.

Tiré la ropa y quise arrojarme desde la azotea.

Una pequeña turba de monigotes rodeaba a mi hijo, le gritaba insultos, le lanzaba coros de burla y Brillante se protegía la cabeza con los brazos y su cabeza dorada brillaba como un sol ofendido por las nubes negras del recelo, la crueldad y la broma.

Bajé apresurada, sin aliento, atropellada, rodeé con mis brazos a Brillante, insulté a niños agresores, regresé consolando a mi hijo a nuestra casa.

Cerré la puerta.

Le miré a los ojos.

Nada alteraba la serenidad de su mirada.

Sólo dijo: —Gracias, Carolina.

Lo dijo, qué duda cabe, con la voz de mi marido, su padre.

A partir de ese momento, evité lo más posible hablar con mi hijo. A veces, Brillante hablaba con voz de niño. En otras ocasiones, con la voz de su padre. Claro que yo no tenía explicaciones para este fenómeno y además no quería consultarlo con nadie. Una vez más, me rendí al paso del tiempo.

Todo se arreglará, me dije.

Brillante continuaba su vida de niño, jugando con bloques de madera, construyendo ciudades y castillos, librando batallas imaginarias en el papel, sacándole punta a sus lápices de colores y hablando como siempre —solo, poco, nada—. Y a veces, también, regresaba a sus juegos con mapas militares y daba órdenes de sargento o emitía lamentos de monarca derrotado.

Yo no prestaba demasiada atención a sus juegos. Pasaba sonriendo, limpiando platos o sacudiendo el polvo, como una normal y grata ama de casa, hasta el día en que Brillante, con una voz que no era la suya, exclamó "¡coño!" y me obligó a detenerme alarmada. Brillante no iba a la escuela y no había tenido contacto alguno con la calle, salvo esa mañana malhadada en que se escapó y lo rodearon los pilluelos del parque; ¿había bastado ese instante para cambiar el lenguaje, tan pulcro, tan bien cuidado, de mi hermoso niño, crecido al amparo cortés de su madre?

Cuando dijo esa palabrota, me di cuenta súbita de que no sólo cambiaba, poco a poco, la voz del niño. Sus reacciones eran distintas. Si antes jugaba a la guerra con la tranquilidad de un menor que domina su inocente imaginación, ahora noté que Brillante se enojaba cuando el tiro de dados le daba la victoria a uno de los combatientes de su guerra lúdica. Gritaba, gruñía, arrojaba insultos idénticos a los que los pilletes le dirigieran a él en la calle y al cabo destruía con furia el mapa.

Yo no me atrevía a acercarme o calmarlo. Es normal, me dije. Está entrando a la guerra del mundo. Sólo que un día lo sorprendí lanzando epítetos mientras destruía el mapa. Y si antes sus países eran imaginarios y sus protagonistas ficticios, ahora tomaba partido e injuriaba a árabes, a judíos, a occidentales. Porque ahora parecía ver un enemigo en cada bando, donde antes veía a los amigos de su imaginación sin nombres ni razas.

Corrí a taparle la boca.
Me mordió la mano.
Me miró distinto.

Paso las noches en vela, recuerdo esa mirada insólita en mi hijo. La recuerdo como un enigma porque por primera vez vi en sus ojos la memoria. Hasta ese día, sus ojos infantiles no recordaban, sólo registraban los eventos, asaz repetitivos, de nuestra vida compartida.

¿De dónde sacaba ahora a judíos, árabes y occidentales? ¿En qué había fallado mi propósito de aislar a mi hijo de las contiendas estúpidas de nuestro mundo? ¿Y por qué —por qué— me pidió ir a una tienda a comprarse ropa, él que nunca había ido a un almacén ni tenía por qué saber de su existencia?

Ahora, día con día, la mirada de Brillante se iba convirtiendo en un campo de recuerdos enemigos, de memorias que se peleaban entre sí. Era como una lucha encarnizada entre lo que se queda y lo que va pasando, como si abandonar la infancia fuese un segundo parto, más doloroso que el de la madre, porque esta vez es el hijo quien se da a luz a sí mismo…

Este era mi consuelo. Brillante crece. ¿Cuándo deja un niño de ser un niño? Supongo que cada ser humano tiene su propio ritmo para irse haciendo adulto, retener recuerdos, anticipar eventos, intuir que debe prepararse para sufrir desengaños, luchar por una cuota de felicidad, aceptar una sucesión de accidentes…

Desengaños. Alegrías. Accidentes.

¿En qué orden se dan? ¿Cuándo ocurren?

Como toda madre, yo observaba con una mezcla de esperanza y terror, de alegría y zozobra, el desarrollo de mi hijo. Una cosa era cierta y era terrible: Brillante no era como los demás. Su excepcionalidad no dejaba de darme orgullo. "Mi hijo es especial. Es distinto". Quizás no habría pensado así si el niño fuera ciego, baldado o paralítico, pero ser dorado podría significar un privilegio, así como un peligro.

Yo tenía mi respuesta lista para el momento oportuno. Brillante sufre de fotofobia. De niño le hicieron unos exámenes que lo expusieron sin protección a rayos ultravioleta. Es un niño *velado*. Se *veló*. Hay personas que se velan de color azul o morado. Miren qué bien: mi hijo se volvió de oro.

No creo que mis razones hubieran convencido a nadie. Sólo me quedaba esperar a que el tiempo le diese a mi hijo las oportunidades —estudios, novia, amigos, familia propia— que su despierta inteligencia merecía. ¿Tenía yo fe excesiva en la sociedad? No tenía tiempo de responder a esta pregunta.

La agresividad de Brillante se limitaba a sus juegos bélicos. Me parecía normal, hasta que un día pasó a los hechos: los soldaditos de sus guerras murieron. Los quebró en dos y luego los arrojó al fuego de la chimenea.

¿Qué haces, hijo?, exclamé.

Los soldados mueren, ¿no?

Los de plomo no. Me obligas a comprarte nuevos juguetes. Muy mal hecho.

No me importa.

¿Con quién vas a jugar entonces?

Con él.

Brillante señaló a una pared de la sala. Dirigí mis ojos al espejo de marco dorado que heredé de mis padres. Apenas lo vi, una figura se movió y desapareció velozmente.

El corazón se me subió a la boca. Sin respiración, le dije a Brillante, ¿quién es, quién es?

Y él respondió: Soy yo.

Ser él. A partir de ese momento, de modo intuitivo, sin saber muy bien por qué, empecé a predicarle a Brillante cosas como sé tú mismo, no necesitas a nadie, un día yo ya no estaré aquí, no necesitas a nadie a tu lado, prepárate para ser independiente…

Él me miraba con extrañeza. Se tocaba el rostro como para decirme que no se engañaba. Él era distinto. ¿Cómo le exigía yo que fuese autónomo? ¿No me daba yo cuenta de nada? ¿Era yo una pobre ilusa? ¿No lo había, yo misma, aislado del mundo?

Me miró, por primera vez, con un reproche muy parecido al odio.

No sé si Brillante me dijo todo esto con palabras, con gestos, con miradas. Sólo sé qué me lo hizo saber, aunque sin alarma. Como si fuese un problema resuelto en su ánimo.

Le di las gracias. No me responsabilizaba de un porvenir sin mi presencia protectora. Podía pasar de mí. Esto lo entendí, con una mezcla de alivio y amargura.

Los hechos son inasibles. Nunca sabemos si lo que ocurre está ocurriendo, ya ocurrió o está por ocurrir. ¿Cómo atrapar el instante? Sería tanto como atrapar al viento. Todo pasa, pasó, está pasando al mismo tiempo. Cuando Brillante empezó a mudar de voz primero, de mirada enseguida, de actitud al cabo, me era imposible fijarlo en cualquier momento del cambio fugaz porque un segundo más tarde mi hijo volvía a ser el de siempre, un niño que iba a cumplir ocho años pero que un segundo más tarde hablaba con voz de adulto, se movía de manera agresiva y sobrada y me miraba con algo más que amor de hijo.

Inquieta, busqué a mi alrededor una razón que disipase mi alarma creciente. ¿Quién era mi hijo? La pregunta no tenía respuesta. La verdadera interrogante era ¿a dónde va mi hijo?

Se la hice: ¿A dónde vas, Brillante?

Su voz infantil me contesta: De donde vengo, madre.

Y si le pregunto: ¿De dónde vienes, hijo?, su respuesta sería: A donde voy, madre.

Debo advertirles que este desconcierto mío no era gratuito. Se fundaba en una observación cada vez más sorprendida y sorprendente de las actitudes de Brillante, como si lo normal o esperado en un muchachito de su edad se convirtiese poco a poco en la excepción de una manera demasiado madura de accionar, mover las manos, plantarse en jarras, darme la espalda, cruzar las piernas, rascarse el mentón…

Rascarse el mentón. Abrí sin deseo de sorprenderlo la puerta del baño, lo encontré con las mejillas enjabonadas. Se rasguñaba la mejilla como si quisiera arrancarse algo. Me miró sin sorpresa. Se rió. Me convocó con la mano. Me obligó a que le acariciara la cara.

¿Había un vello lánguido pero cerdoso en el mentón del niño?

A partir de ese instante dudé, aunque tarde, entre dos actitudes. ¿Debía ser paciente y atenta, esperar a que los hechos se sucedieran, sin saber a ciencia cierta qué nueva anomalía afectaba a Brillante? ¿O me correspondía precipitar la situación, llamar a un hospital, admitir que un par de enfermeras se llevaran al muchacho, por las buenas o por las malas, y lo pusieran bajo observación, fuera de mi control y acaso fuera de mi vista? Lucharon en mi alma la responsabilidad y el alivio. ¿Cómo quererlo más? ¿Cómo amarlo mejor?

El siguiente suceso determinó mi acción. Una noche, miré por accidente la fotografía de mi difunto marido Juan Jacobo en la repisa de la chimenea. Digo que fue una mirada accidental porque rara vez ponemos atención en una foto u otros objetos de la casa cuya presencia damos por descontada. ¿Quién se detiene a mirar la cortina, la silla, el florero o la foto que siguen en su puesto habitual?

Digo que llevaba semanas sin mirar la fotografía de mi esposo. Cuando esta vez le dirigí la mirada, sofoqué un grito involuntario. El retrato se estaba borrando. De modo sutil, casi imperceptible, las facciones de Juan Jacobo se desvanecían dejando una especie de vacío doloroso donde antes había perfiles precisos.

Tuve una reacción tan incomprensible como el hecho que la provocó. Decidí no darme por enterada. No había visto lo que había visto. Mañana las facciones alteradas regresarían a su lugar: a la cara de un hombre muerto ocho años antes en el acto de hacer el amor.

Debí reflexionar. Debí poner atención.

Desde que nació, Brillante durmió a mi lado. Noche con noche, su presencia cálida era mi protección y yo la de él. La intuición era poderosa: el niño y yo nos necesitábamos. No había nada anormal en ello, sólo la luz que el niño irradiaba y a ella me acostumbré muy pronto, como nos adaptamos a lo que, por constante, deja de ser excepcional. El brillo era tan natural en mi niño como el sueño, el hambre, el sollozo o el bostezo. Además, tenía yo la mala costumbre maternal de pensar por mi hijo, hablar por él, tomar decisiones y darle órdenes. Ustedes me comprenden. Su extrañeza física duplicaba mi preocupación materna. Sabía, sin embargo, que estos papeles acaban por invertirse y que, al paso de la vida, será el hijo quien se ocupe de la madre.

Aún no. Brillante iba a cumplir apenas ocho años y las aristas extrañas de su comportamiento yo las atribuía a que el chico crecía y aparecían en él hechos y actitudes adultas. Algunas puramente imitativas, como rasurarse sin tener barba. Otras, más mímicas, como fingir voces durante las batallas que escenificaba.

Quiero decir a mi favor que yo, como madre, jamás le negué a Brillante el poder de pensar, de sentir, de imaginar. Lo que sucede es que hasta ahora, esos poderes de mi hijo se manifestaban fuera de mí. Aun diría: lejos de mí. Eran los juegos de la infancia. Incluso su demanda de comprar ropa nueva me pareció normal. El chico crecía y era consciente de que usaba siempre la misma ropa, arremangada y cosida para las edades infantiles. Quería ser él. Quería ser distinto. Quién sabe: ¿quería ser elegante?

No tuve tiempo de llevarlo a un almacén de ropa. En el fondo, mi reticencia era explicable, al menos para mí misma.

"Que no crezca".

Tal era mi voto más secreto. Cada día me demostraba la imposibilidad de mi deseo. Me ofrecía, también, la oportunidad de aplazar al adolescente que sería mi hijo. Este fue mi grave error. Al filo de los ocho años, yo debí decirle: Brillante, ya es hora de que duermas en tu propio cuarto. Ya no eres un niño. Ya vas a ser un hombre.

No me atreví. La costumbre se había vuelto obligación. El sentimiento maternal de proteger a un hijo extraño, solitario, sin más apoyo que el de su madre, venció al impulso racional de mudarlo a una cama suya. De imponerle la libertad.

¿De qué me iba, entonces, a sorprender? ¿No sabía desde siempre lo que me esperaba cuando el niño creciera?

Una noche, mientras Brillante se rasuraba en el baño, yo me arropaba en la cama y me hacía preguntas que todas las madres se hacen. ¿Cómo revelarle al niño que ya no lo es? ¿Cómo darle a entender que se vuelve un hombrecito? ¿Debo darle tratamiento de hombre a un niño, para irlo acostumbrando? Y de allí, a medida que escuchaba el rumor de mi hijo en la sala de baño, surgían las preguntas ociosas pero fatales. ¿Cuál de los dos va a morir antes? ¿Moriremos al mismo tiempo, madre e hijo? Si muere el niño, ¿se convertirá en hombre? ¿Si muere el hombre, se convertirá en niño? Si muero yo, ¿quién lo cuidará?

"Que no crezca", murmuré con fuerza cuando la silueta de Brillante apareció en el marco de la puerta, el chico se aproximó a la cama y como era su costumbre, se metió entre las sábanas y se acurrucó con su madre.

La memoria puede ser una trampa que, creyéndose reminiscencia, en realidad es premonición. Hay momentos en que confundimos nuestros recuerdos con nuestros deseos. No hay un tiempo más peligroso para el alma que este. Una parte de nosotros nos está diciendo, no te detengas nunca, muévete. Eres,

Carolina, demuestra qué eres moviéndote. Pero otra parte me dice detente, Carolina, no te dejes empujar. Recuerda, recapacita. No sólo eres lo que serás sino lo que has sido.

Lo malo de ambos impulsos, señores que me escucháis, es que si imaginaba el futuro lo desconocía todo y si imaginaba el pasado, lo preveía todo. Eso era lo habitual. Hasta esta noche en que la fuerza de las cosas me obligó a imaginar el pasado para entender el futuro.

Brillante salió del cuarto de baño y se dirigió a nuestro lecho. Siempre dejaba entreabierta la puerta del baño porque le temía a la oscuridad total de nuestra recámara sin ventanas, así diseñada por mi marido Juan Jacobo para asegurar un sueño profundo. Brillante rompió la regla por un explicable temor infantil al misterio de la noche. Crecemos y le robamos peligro a las vísperas, porque son eso: promesa alegre de un día mejor. Un día más de victoria, ¿eh, Juan Jacobo?, de triunfo, de ambición cumplida, de desdén hacia lo incomprensible, de aceptación de la seriedad de la vida y el cumplimiento de las obligaciones, ¿no es esto lo que tú me decías, Juan Jacobo, no era esta tu cantinela habitual al dejar la recámara a oscuras y acercarte a mi cuerpo disculpándote del placer que tú sentías y yo deseaba con una lista de obligaciones perentorias para la jornada siguiente?

Cómo detestaba ese acoplamiento de la carne y el deber, de las obligaciones matrimoniales y las obligaciones laborales, nunca las separaste, como si una eyaculación en la cama equivaliese a una inversión en la bolsa, como si tu sexo fuese una moneda de oro y el mío una alcancía, admítelo, Juan Jacobo, nunca me tomaste por mí misma, por el gusto, sino como una inversión necesaria para calmar tus apetitos y estar libre de congojas sexuales al día siguiente, convertido en el robot de la bolsa de Ginebra, una máquina calculadora pero castrada.

¿Cómo no iba a celebrar que te murieras en mis brazos, después de tu última eyaculación? ¿Cómo no iba a gritar de gusto? Tu inversión final fue en mi cuerpo, tu acción terminal procrear a un niño, tu estertor mortal un aura dorada, como si todo el dinero que manejaste para otros hubiera venido a despedirte, Juan Jacobo, a nimbarte con una especie de aleluya macabro: tú sí puedes llevarte tu dinero a la tumba, Juan Jacobo, sólo tú…

Y se lo llevó, señoras y señores, en el sentido de que no dejó nada más que una pequeña pensión de burócrata del Crédit Suisse, una fortuna aún más pequeña disipada, qué sé yo, en inversiones fracasadas, las salas de juego de Evian, otras mujeres, cálculos errados…

Lo que dejó fue la semilla de un hijo. Mi hijo Brillante, cuya historia os he contado. Y aquí me detendría, si no supiera que no tendré otra ocasión de decir la verdad. O de dejar sentada la ficción. Eso depende de ustedes.

Cuando las cosas ya ocurrieron, uno intenta recordar su vida precedente y decirse: esto lo sabía desde entonces. Quieres saberte dueña de tu voluntad. Que nada nos empuje. Somos libres. Hasta el momento inevitable en que nuestra libertad se nos aparece limitada porque la realidad nos determina como seres materiales y perecederos. A la luz de esta verdad, nuestro albedrío pierde fuerza y se contenta con soluciones parciales, tristemente alejadas de la promesa que nos hicimos y que el mundo primero avaló y luego no destruyó, sino sólo limitó, volvió mediocre.

Una madre quiere que su hijo sea siempre niño, pero al mismo tiempo quiere que crezca, es decir, que se convierta en otro siendo el mismo. ¿Qué forma posee en potencia un niño? En la vida hay promesa y hay realización. Hay potencia y acto. Hay sustancia y accidente, decía mi marido egresado de la Universidad de Ginebra, muy orgulloso de sus títulos.

¿Qué significa esto que dices, Juan Jacobo?

Que todos tenemos un sustrato permanente a pesar de las mutaciones accidentales.

¿Y qué tal si las mutaciones son lo permanente y eso que llamas sustrato lo accidental?

Mi marido reía.

Eres una sofista, Carolina.

Sonrió al decirlo.

Luego la cara se le agrió.

Siempre me llevas la contraria. ¿No tienes otra manera de afirmarte? Pobrecita.

Brillante salió del baño y se dirigió a la cama. Hizo algo extraordinario. Se despojó de la bata. No lo vi. Escuché como caía al suelo la prenda. Luego él se metió al lecho y por algunos minutos ni él se acercó a mí ni yo a él.

Al cabo, toqué su pecho y me permití suspirar de alivio. Era el torso del muchacho, lampiño y suave. ¿Por qué no usaba camiseta? Acaricié su rostro. Brillante iba a cumplir ocho años. Sus quijadas un poco mofletudas no tenían más cerdas que las de mi imaginación.

Entonces él tomó mi mano y la llevó a su vientre. Hundió uno de mis dedos en su ombligo. Luego arrastró mi mano alarmada a su vientre velludo, erizado como un campo de púas inertes, luego hasta su pubis ondulante como si se estuviera ahogando en un río de algas y luego al sexo mismo que no era sexo sino grito, grito de él y grito mío, un encuentro de mi mano y la suya, yo evitando lo que quería atestiguar, él ocultando lo que quería comprobar, yo abriendo los ojos en la oscuridad, penetrándolo, usando el rayo minúsculo de la luz infantil en los ojos de Brillante, sintiendo en la mano el pene erguido como una cresta de gallo y pesado como una talega de oro, un sexo que recordaba o imaginaba oscuro y que ahora brillaba, como una luz primero intermitente, ahora constante, un faro de carne levantada, brillante, ansiosa, pidiéndome lo que hice, arrasada, consciente, inconsciente, escuchando la voz siguiente de mi hijo, el gemido convertido en súplica, la súplica en llanto, el llanto en un grito terrible que resonó en la oquedad encerrada de nuestra recámara, mientras yo besaba el sexo de mi marido, lo besaba hasta beberlo y lo bebía hasta devorarlo, tragarlo, tragarme los testículos, y a través del sexo, comerme el cuerpo viril, del ombligo para abajo, nalgas y piernas y pies y uñas con la ilusión enajenada de que devorando al padre me quedaba con el hijo, sin darme cuenta de que eran un solo cuerpo, un cuerpo maldito que no saciaba mi horrible gula, devorando ahora el torso de mi hijo, desterrando el detestable brillo que corría aterrado del pecho a las axilas y de allí a los brazos, hasta las uñas devoré, sólo quedaba la cabeza de niño fuera de mi hambre, brillante, suplicante, tierna, asustada, adolorida, incomprensible, ausente de mi afán de matar al padre que lo engendró porque Juan Jacobo no tenía derecho a regresar, apropiarse del cuerpo y el alma de su hijo y volverme a esclavizar como lo hizo en vida hasta el preciso momento en que, al preñarme, murió derrumbado encima de mí.

¿Por qué sabía Brillante los nombres de los países y los mapas militares a los seis años de edad?

El hijo pródigo

Crucé el río sin temor. No calculé si la corriente era demasiado veloz, el cauce hondo o la ausencia inmediata de un puente una invitación, en sí, a la aventura. Jamás se me ocurrió que río abajo, o río arriba, había un paso más seguro. Estaba aquí. La hora era esta. Aquí y ahora. Crucé el río y el agua me llegaba a la cintura. Quizás el siguiente paso me obligaría a perder pie o a nadar contra la corriente, y es que en la otra ribera se desplegaba un paisaje no insólito en sí mismo sino absolutamente contrastado con el mundo que dejé detrás de mí. Iba a cumplir veintiún años y me dije una noche rumorosa que no viviría mi vida en medio del horror de mi ciudad vencida (de ello estaba cierto) para siempre.

No sé si en verdad el país que vi esa tarde del otro lado del río era tan hermoso como lo miré entonces y lo recuerdo ahora. En aquel momento, sólo el contraste dominaba mi ánimo. Quizás esta tierra no es tan bella como la vi hoy —ese día que no quiero regalarle al pasado—. Quizás la ciudad que abandoné no era tan abyecta como entonces la recordaba. El hecho es que crucé el río y salí a la ribera opuesta con el ánimo victorioso de mi juventud, convencido de que el agua había lavado los restos del mundo odiado de mi niñez y que, desde ahora, mi tiempo sería mejor.

No tardaron los hechos en confirmar mi esperanza. La belleza del campo que transitaba (aunque lo fuese sólo por comparación) era distinta y mejor. Cerré los ojos para aspirar aromas de menta, lavanda, pino viejo y césped recién cortado. Temí abrir los ojos y disipar el encanto de mis sentidos. Mis orejas temblorosas, como las de un murciélago, no recogían ruido alguno, como si los olores lo dominaran todo y expulsasen cualquier sensación que pudiese turbarlos.

El mandato de mi cuerpo entero era: Camina, no abras los ojos, respira, no escuches, hasta que yo —¿quién era yo?— te lo indique.

Ábrelos ahora. Hay instantes en los que la mirada es recompensada de los tiempos largos en que, con los ojos abiertos, no vemos nada. Este fue uno de esos momentos.

Yo estaba a la entrada del jardín donde parecían encontrarse todos los perfumes que hasta él me habían guiado. Del jardín, que era un laberinto verde, salió corriendo una niña de no más de ocho años. Saltaba y hacía correr, a su vez, un aro de colores, con tal destreza que el juguete jamás dejaba de rodar y nunca se caía. Ella reía pero sin emitir ruido alguno. Tenía un bello pelo cobrizo, sin arreglo visible porque no era necesario: la cabellera rizada se acomodaba sola a la cabeza de la niña. Ella vestía un delantal blanco sobre un vestido azul, medias azules, zapatos azules.

Desapareció como apareció.

Todo ocurrió en silencio.

Pasé a lo largo de una alberca vacía y sentí un ligero desencanto. Lo superó en el acto el rumor de una fuente constante donde tres cupidos de piedra vaciaban el agua de sus ánforas. Caminé sobre un sendero de grava y mis pasos fueron el apoyo indeseado de mi cuerpo guiado por la cabeza despierta, atenta, maravillada.

Cerca de la fuente se levantaba una villa de un piso. Las ventanas que daban al jardín también saludaban al sol poniente. O más bien, le negaban el saludo: todas estaban cerradas por batientes verdes. Al final de la grava, seis escalones conducían a una terraza cubierta por un toldo de listas verdes y blancas agitado con ligereza por la brisa de la tarde.

Un camarero con pechera de rayas rojas y negras se acercaba a una mesa dispuesta bajo el toldo. Tendió un mantel blanco y sobre él fue colocando, con una música apropiada a cada objeto, un servicio de té, cucharillas, cuchillos, tenedores, un platillo con mantequilla, dos con jaleas, otro platillo vacío, otro pronto ocupado por una taza, la tetera misma, albiazul. Un servicio del mismo color del cielo de esta tarde.

El camarero, habiendo dispuesto todo, se mantuvo erecto en espera del comensal.

Al cabo, este salió de la casa y se dirigió a la mesa asistido por dos mujeres con tocas blancas y cubiertas por mantas grises. Sin las mujeres, el personaje que se aproximaba a la mesa no habría podido moverse. Las mujeres lo ayudaban a sentarse en un pesado sillón de ter-

ciopelo rojo y en seguida se quitaron las fraza-
das y lo cubrieron con ellas.

Ellas se mantuvieron, vestidas con uniformes grises de cuellos tiesos y faldas estrechas,
detrás del protagonista del té. El camarero sirvió el brebaje humeante. Una de las mujeres levantó la taza y la llevó a los labios del muchacho
emaciado, exhausto, de pelo rubio, rizado y ralo, ojos perdidos en cuencas profundas, nariz
nerviosa, orejas silenciosas, mejillas grisáceas y
un alma de desolación profunda que no lograba
disimular una débil y enfermiza sonrisilla.

Di la espalda, sin remordimientos, a la
escena. Di la vuelta a la casa de seis fachadas y
miré la puerta de entrada, seis escalones arriba.
Era de madera oscura, con entrepaños de vidrio
protegidos por emparrillados de fierro.

La puerta estaba cerrada por un
candado.

Seguí el camino que conducía de la casa
a una aldea anunciada por la respiración de varias espirales de humo y una esperanza de calor.
La casa del candado emanaba un frío atroz y
extemporáneo. A medida que me alejaba de
ella, el sendero descendía de la mansión enca-
denada al pueblo. A la vuelta de una curva, un
anciano se acercó a mí, levantando las cejas con
asombro. Tocado por un gorro de estambre y
cubierto por una capa gris, su rostro dibujó, al
verme, primero sorpresa pero en seguida
alegría.

Abrió la boca pero no dijo palabra.

Me dio la espalda y caminó de prisa hacia el caserío.

Gritó: ¡Ha vuelto! ¡Ha regresado!

El viejo y su mujer —una señora peinada hacia atrás pero sin moño, como si el pelo se gobernase a sí mismo— me sentaron a su mesa y me ofrecieron una cena sabrosa y austera sin necesidad de que yo demostrase mi urgencia máxima, que consistía en calmar mi hambre después del largo viaje desde la ciudad.

Me habían recibido con regocijo pero leyeron la sed en mi rostro y me atendieron en medio de muestras de alegría y expresiones que no alcancé a entender, pues eran más que nada gritos de júbilo y también, de impaciencia.

Al cabo, el viejo dijo llamarse Nicolás y su mujer Fosca y aplacando sus muestras de gran contento, articularon sus palabras y dijeron al unísono,

Te estábamos esperando.

Y luego él: Tardaste mucho en regresar.

Y ella también: Pero ya estás en casa.

Yo los escuchaba haciendo un esfuerzo gigantesco por recordar. Sólo eso. Las palabras de los ancianos no me provocaron más respuesta que el recuerdo. Sólo que mi memoria era una gran página en blanco. Por más que lo intentara, ningún recuerdo aplicable a la situación se me presentaba. Ellos me miraban con una mezcla conmovedora de impaciencia y esperanza.

Quizás fue la esperanza que vi en sus miradas y escuché en sus palabras lo que me movió a llenar el vacío con una mentira que acaso era la verdad. En mi ánimo inmediato era una mentira. En el alma ausente de mis recuerdos, podría ser la verdad.

Es bueno regresar al hogar, dije entonces, muy bueno.

Ellos rieron primero, se llevaron las manos a la boca, sus ojos brillaban con lágrimas de felicidad. El viejo me abrazó. La mujer me tomó una mano y en la suya sentí una frialdad de estatua. Miré sus ojos y busqué en vano una chispa de calor. Ojos azules, tan azules como el mantel y el servicio de té de la casa de seis muros.

Ella no sólo notó mi persistente mirada. La reciprocó.

No te preocupes, dijo, mis ojos han llorado mucho esperando tu regreso, muchacho.

Los cerró un instante y confirmó: De ahora en adelante, los verás recuperar la luz, gracias a tu presencia.

La mirada del anciano estaba oculta por la lluvia blanca de sus cejas. Supe entonces que jamás vería la verdad de ojos tan antiguos; más que la piel de los párpados, parecía cubrirlos el velo de los siglos.

Pero ven, hijo, vamos a llevar la buena nueva al pueblo, dijo el viejo, en cuya habla comencé a distinguir giros anticuados, como sólo se encuentran ya en los libros de cuentos de nuestras abuelas: Ven, mozalbete, anda, pilluelo…

Albricias, subrayó la vieja, hundiéndome aún más en una extraña anacronía que, sin embargo, me procuraba consuelo sin fin. Estaba ahora en un mundo que era el reverso de la brutalidad que abandoné en mi vieja ciudad. Paradoja que no me escapó: la ciudad que dejé era tan vieja como la triste historia de su paso por el tiempo; la ciudad a la que llegaba era tan reciente como anacrónica su manera de hablar y sentir.

Ciudad vieja, comunidad nueva. La pareja de ancianos que me recibió tomó sendas campanas y me condujo fuera de la casa, a la calle de la aldea donde ellos comenzaron a hacer sonar las campanas y a dar voces: voces que eran recias con esfuerzo, pues las puntualizaban sofocos, toses, falsetes.

¡Ha regresado!

¡Está aquí!

¡Se cumplió la promesa!

Cuando se reunieron unas dos docenas de personas en la plaza en torno a una fuente de grifones que esparcían agua, el anciano tomó aire y gritó:

¡Ha vuelto el hijo pródigo!

Todos gritaron vivas.

Recorrí los rostros en la plaza.

No había un solo joven.

Y yo no reconocí a nadie.

Miento. La pareja de ancianos me condujo de regreso a su casa. El hombre dijo que seguramente yo tenía hambre después de un tan largo viaje, como si ya hubiese olvidado que hace unos minutos, cuando llegué, me dieron de cenar... La mujer, como si despertase de un sueño, se apresuró a añadir sí, sí, todo está preparado y desapareció por una puerta de doble faz y con sendos vidrios a la altura de la mirada, como se acostumbra en los restoranes para que los meseros no tropiecen unos con otros y los platones no caigan al suelo.

Aunque esto era raro en una casa privada, la existencia de las puertas me obligó a pensar que acaso me encontraba en una posada y que la pareja que me recibió eran, simplemente, los administradores del albergue. Que tenían, sin embargo, una presencia importante en el pueblo, me lo acababan de demostrar en plena plaza.

Que el pueblo no era un asilo de ancianos, lo demostró ahora la muchacha que pasó de la cocina al comedor con una bandeja colmada de platos humeantes: sopas, carnes hervidas, purés de papa y zanahoria…

La muchacha —supuse— era la sirvienta de esta posada o quizás era la nieta de mis anfitriones. Vestía un delantal blanco sobre un vestido azul. Cargaba la bandeja e iba a tropezar. Le dije: Cuidado y miré sus medias azules, sus zapatillas del mismo color.

Levanté la mirada y admiré su rostro enmarcado por bucles cobrizos que no necesitaban un peine, pues caían con naturalidad sobre una nuca que adiviné tibia, recogida y ansiosa por recibir mis besos: olí desde ya el perfume de ese secreto nacimiento (¿o sería extinción?) de su cabellera.

Ella se recuperó del accidente que mis palabras evitaron, dijo "gracias" o "perdón" (sus labios se unieron de ambas maneras) y colocó la bandeja sobre la mesa, me ocultó la cercanía de su cuerpo más abajo de la cintura…

Los viejos no la miraron. Como si no estuviera allí. No notaron la alegría de mis ojos. Yo acababa de reconocerme en una aldea donde todos parecían saber quién era yo, salvo yo mismo. ¿Por qué me reconocí a mí mismo?

Ahora reposa, dijo Fosca la vieja, induciéndome a un sueño profundo en la alcoba que me ofrecieron. Caí dormido sobre la cama empotrada a la pared.

Cuando desperté, miré por la ventana, atraído por un cambio misterioso que se comenzaba a agitar en mi ánimo.

Vi un paisaje de montaña, cimas nevadas y laderas de hielo punteadas por ejércitos de pinos. Abrí la ventana para sentir el aire frío y seco del invierno. Sentí algo semejante a la nostalgia del hogar. Recordé que mi antigua habitación era peligrosa y fea y que lo que deseaba revivir era mi llegada a esta aldea benigna.

¿Cuánto tiempo había pasado desde mi arribo en plena primavera —el campo, el jardín de rosas, la niña corriendo con un aro, la casa de ventanas cerradas, el chico enfermo atendido por dos mujeres y un camarero?

La puerta se abrió y entró a la recámara una muchacha con una bandeja colmada de platos humeantes. Vestía un delantal blanco sobre un vestido azul. Medias azules, zapatillas del mismo color. Rostro enmarcado por bucles cobrizos.

Depositó la bandeja en una mesa. Iba a retirarse. Me levanté y la detuve, tomándola de un brazo. Me miró con ojos salvajes y me gruñó, soltándose con fuerza de mi mano.

Escuché los rumores en la planta baja de la posada. Alisé las arrugas de mi camisa y mi pantalón, calcé mis zapatos y bajé con cautela al primer piso.

Había una gran animación. La reunión de viejos del pueblo discutía con voces altas y carcajadas un poco insanas para quien, como yo, desconocía el motivo de la alegría. Unos empujaban jarras de cerveza, otros fumaban pipas. No había ninguna mujer en la reunión.

Al verme, los hombres olvidaron sus quehaceres y gritaron vivas, ha regresado el hijo pródigo, bienvenido, albricias…

Se levantaron, fui tomado de los brazos y sentado a una de las mesas. En seguida comenzó un verdadero tiroteo de preguntas —¿dónde estuviste todo este tiempo, por qué te olvidaste de nosotros, qué te trajo de nuevo?— que yo no podía contestar porque ellos mismos —la asamblea de ancianos difíciles de distinguir entre sí por la edad compartida, pero poco a poco disímiles en peso y estatura, calvicie o melenas, barbas o rostros lampiños, ojos alertas o adormecidos, párpados atortugados o asombrados, idénticos sólo en la fraternidad de las manos manchadas, nervudas, impacientes— se respondían a sí mismos,

Fue en el año seis, lo tengo presente.

Te equivocas, fue antes, en el noventa y seis.

Mi memoria es infalible.

El caso es que se fue.

Di más bien que nos abandonó.

No discutan. Den gracias de que regresó.

Faltaba más. Nos lo prometieron.

¿Qué pasará ahora?

¿Qué prueba tenemos de que la promesa se cumplirá?

Dios protegerá a su pueblo.

Viajaremos a la tierra prometida…

Estas últimas palabras provocaron una riña inmediata entre quienes gritaban "ya estamos allí" y quienes reiteraban "viajaremos, viajaremos".

Al cabo los ánimos se serenaron, aunque un anciano peleonero insistió, lo que importa es el pueblo, a lo que un viejo no menos combativo contestó, el pueblo y su señor, y de allí otra batahola sobre si era "señor", "rey", "hombre", etcétera…

Me di cuenta, ustedes me comprenden, de que el grupo de ancianos me estaba informando sobre lo que yo debía saber por mi cuenta. Y acaso así era. Acaso yo había olvidado lo que ellos recordaban. No se me ocurrió entonces —de tal forma me sentía festejado, agradecido de la atención— que eran ellos los que habrían olvidado o ignoraban mi existencia anterior en la ciudad de donde huí para llegar, por mero azar, hasta aquí.

Era esto lo que ellos, implícitos, negaban con sus comentarios y su algarabía. La verdad asentada por los viejos era que yo había estado aquí, me había ido y ahora regresaba. Todo tan simple, tan feliz, tan oportuno como esto.

La noche se alargó y yo no hice nada para acortarla. Yo era el centro de atención. Yo era el celebrado, aunque en medio de la oferta de felicidad, una extrema melancolía se insinuaba en mi espíritu.

Quise darle forma.

¿Dónde estaba la muchacha de pelo cobrizo y nuca secreta?

¿Por qué no servía las mesas?

Me acostumbré en ese tiempo —me refiero al fin del invierno, al cual desperté— a caminar por las calles de la aldea y a aventurarme por las montañas pinas de los alrededores.

En la población, todos me saludaban con amabilidad y se acostumbraban a mi presencia. Me di cuenta de que ya no era "el hijo pródigo" de los primeros días. Me convertía, ¡ay!, en parte del paisaje. Ya no era novedad. Era costumbre y no me quejaba. Ser extraordinario es, por definición, un estado pasajero. Es la excepción de la norma, que es ser ordinario.

Mis anfitriones —Nicolás y Fosca— me atendían con cortesía y afecto, de tal suerte que yo me acomodaba a una situación de normalidad sin sobresaltos.

Hasta una mañana en que me aventuré por los senderos montañosos a la hora en que las sombras se ausentaban con los vapores del día en espera de la veloz cortina nocturna de la alta montaña.

Era tal mi confianza en la nueva bondad de mi existencia, que todo temor había huido de mi espíritu. Si recordaba mi vida anterior en la ciudad —un recuerdo cada día más lejano—, no podía sino agradecer el misterioso giro de la fortuna que me había traído hasta aquí.

Es cierto que, a pesar de ello, yo tomaba cuidado en limitarme a recorrer los parajes montañosos, evitando todo deseo de regresar —así fuese con la mirada— al llano, al jardín y a la casa de batientes cerrados habitada por el muchacho inválido y su servidumbre a la vez abyecta y tiránica.

Cada día más seguro de mí mismo y agradecido de mi nueva vida, empecé a escalar la montaña con la ligereza y alegría de una existencia prometedora. Es cierto que mi audacia iba creciendo sólo porque mi prevención había sido tan grande.

Ahora ascendía, pero también exploraba. En los ombligos de la montaña había cuevas avaras que no me atrevía a visitar. La mejor prueba de mi nueva seguridad es que cierto día decidí, con ánimo exaltado, explorar una de ellas.

Dice el dicho que más vale no agitar las cosas estables; no despertar al perro dormido. Lo recordé porque al apenas entrar a una de las muchas cuevas de la montaña —¿por qué esta precisamente, por qué no otra cualquiera?— el gruñido hostil de un perro me retó a detenerme, irme o seguir adelante. Supongo que a cada instante de la vida, estos tres caminos se nos presentan, colocándonos eternamente en la encrucijada. Esta vez, mi ánimo sereno y victorioso era tal —tan grande mi seguridad en mí mismo— que decidí avanzar, adentrándome en la caverna, dispuesto a enfrentar y vencer cualquier peligro…

No tardé en acostumbrarme a la oscuridad y en distinguir la forma del ser que me amenazaba. Estaba en cuatro patas, pero era un ser humano. El movimiento de la cabeza, el brillo irreprimible de la mirada más temerosa que amenazante y mi propio sentimiento de seguridad vencían al temor y me aproximaban al hombre que se alejaba de mí hasta el momento en que le toqué la cabeza calva, la acaricié como a un animal o a un antepasado y al cabo reconocí en él a uno de los celebrantes de la cena de bienvenida en el albergue. Flaco, calvo, lampiño, ojos alertas, párpados asombrados…

No eres el mismo, alcanzó a decir antes de que los perros —éstos en verdad mastines hambrientos— se le echaran encima y el viejo se debatiese por un instante e inútilmente mientras yo me echaba hacia atrás, impotente, temeroso de las bestias, ajeno a toda inteligencia de la situación, viendo al anciano perderse en las sombras, arrastrado hacia lo más hondo de la cueva por los perros que, sólo entonces me di cuenta, obedecían voces de orden venidas de una penumbra lejana.

"No eres el mismo".

Descendí al pueblo con esas palabras agudas en mi oído —no eres el mismo—. ¿Quién era entonces "el mismo", el idéntico?

Me di cuenta de que esto sólo lo sabían quienes me recibieron —Fosca y Nicolás— y también de que mi dilema consistía en hacerle la pregunta a ellos —o develar el misterio por mi cuenta.

No sabía entonces cuál de las dos opciones era la más peligrosa.

Al caer la noche, regresé al pueblo. Mi corazón se debatía entre el conocimiento y la ignorancia y se resolvía en una angustiosa sensación de no saber nada. La muerte atroz del viejo de la caverna era más que un crimen, pues ser atacado por dos perros salvajes no comprobaba culpa alguna. Era un enigma: ¿quién sabía quién era yo? ¿Qué quiso decir el viejo antes de morir? ¿Quién era "el mismo"? ¿Sólo lo sabían quienes me recibieron y me llamaron "pródigo"? ¿Me atrevería a preguntarles a ellos quién soy yo, toda vez que ya lo habían dictaminado: el hijo pródigo? ¿Preguntarles lo que ya habían definido era un insulto?

Mi verdadero problema consistía, entonces, en aceptar lo que ellos —Nicolás y Fosca y la comunidad entera— decían que yo era o preferir la duda —y acaso el destino— del viejo de la cueva: yo no era el mismo.

Se preguntarán ustedes ¿qué hacía yo con mi tiempo? Esta es una interrogante práctica pero también filosófica. Les he dado a entender que, desde que llegué a la aldea, mi

tiempo era tan largo y tan breve como mi sueño. Sé que dormía mucho. No recuerdo bien
qué cosa hacía durante la vigilia, salvo los hechos sobresalientes que aquí he narrado. No
quiero llegar al extremo de decir que yo era
una sola persona con dos tiempos distintos,
uno de día y otro de noche, uno en el sueño y
otro al despertar, porque podría opinar que
también era dos personas distintas en un solo
tiempo.

El hecho es que, en uno u otro caso, yo
llegué a sentir que mi obligación consistía en
renovarme cada día. ¿Por qué? Lo digo con la
misma vergüenza que entonces sentí. Para no
defraudar a mis anfitriones.

No esperaba otra cosa. Con el paso del
tiempo, yo me volvía costumbre. Hacía las tres
comidas en el albergue (la muchacha de pelo
cobrizo no se volvió a aparecer). Dormitaba largo rato y a horas desacostumbradas. Salía a caminar por la única calle de la aldea. Evitaba
regresar a la montaña o al río, los dos extremos
de mi nueva vida. Sólo al considerarlos "extremos" me apercibí, sin embargo, de que mi nueva existencia carecía de ellos. Es decir, carecía
de tensión. Se volvía parte de la costumbre.

Un sentimiento básico de supervivencia
me obligaba a callar lo sucedido en la cueva de
la montaña. Quería evitar suspicacias. No me
sirvió de nada. No sé si por este hecho u otros
más insondables, el saludo de los aldeanos, durante mis cada vez menos excitantes recorridos
por la calle, se volvía cada vez más distante, menos entusiasta, más frío…

Lo atestigüé, al cabo, en el albergue, hotel o pensión donde me alojaba en calidad de celebérrimo "hijo pródigo".

Una mañana, Fosca tocó a mi puerta con fuerza. Desperté desconcertado. Jamás habían interrumpido mi sueño. Abrí y la vi con cara agria. Me ofreció un papel cuadriculado y arrugado.

¿Señora?

La cuenta, señor.

Me dio la espalda y se fue. Yo miré con asombro el papel y leí los artículos de mi deuda: alojamiento, comida, lavandería, servicios de recámara, etcétera.

Estuve a punto de hacer un puño con la cuenta. Abrí la ventana para arrojar el papel a la calle. Vi a una nueva docena de ancianos detenidos bajo mi ventana, mirando hacia arriba, mirándome con franca enemistad.

Cerré la ventana.

Arrojé el papelucho a la chimenea.

Nicolás y Fosca me esperaban en el quicio de la puerta.

Estoy sentado en la terraza. Las dos mujeres tocadas con gorros blancos me han traído, casi inánime, a mi lugar en la mesa. Una de ellas se quita la capa de lana gris y me arropa. No hay en el gesto ni cariño ni compasión ni desprecio. Sólo un movimiento profesional. Ellas están aquí para cuidarme. La mesa de mantel azul es muy elegante, como refinados son los juegos de té, los cubiertos, las porciones de comida.

Paseo mi mirada desafocada por el platillo de mantequilla, las jaleas y la poso al cabo en el camarero de pechera a rayas que me sirve el té humeante y me pregunta,

—¿Todo está satisfactorio?

Yo miro con debilidad a las dos enfermeras con uniformes grises de cuellos tiesos y faldas estrechas. Una de ellas levanta la taza y la lleva a mis labios.

Yo me siento emaciado, exhausto y alcanzo a distinguir en la curva de una cuchara mi rostro deformado, mis ojos perdidos en cuencas profundas, mi nariz nerviosa, mis orejas silenciosas, mis mejillas grisáceas. Siento en mí una desolación profunda que no logra disimular una débil y enfermiza sonrisilla.

El camarero pregunta: ¿Necesita algo más el señorito?

En la segunda cueva, el lobo cohabita con el cordero. En otra, el leopardo duerme con la cabra. En la tercera —donde los perros devoran al anciano—, ahora una niña mete la mano en el hoyo de la serpiente. La niña viste un traje azul, medias azules, zapatos azules y un delantal blanco con las iniciales bordadas, C.G.

Olmeca

1.

Me cuesta mucho saber dónde estoy. Quién soy. He tardado en acostumbrarme a la oscuridad. Me corrijo: tardo en descubrir la luz. Me contradigo: ¿La luz que descubro es parte de la oscuridad que reconozco? ¿O la oscuridad es la verdad que me rodea y la luz un engaño mío?

Iba a decir: un engaño de mi alma. Me corrijo otra vez. Sé que esa palabra está prohibida aquí. Alma. Ánima. Espíritu. Son palabras prohibidas. Sin que nadie me lo enseñe, yo sé que aquí todos somos distintos. ¿Todos? ¿Somos? Mi escasa visión me va permitiendo distinguir. No sé bien quiénes somos o dónde estamos. Sé que el tacto está prohibido. Lo sé en el "alma". Esa será mi única posibilidad de saber. Guiarme casi a ciegas y tocar las cosas. Eso está prohibido.

He tardado mucho tiempo obedeciendo la orden. El tacto está vedado. Mi mirada se esfuerza por penetrar las tinieblas que me rodean. Mi desánimo es muy grande. Me doy cuenta de que si logro ver en la oscuridad podré distinguir lo que me rodea, y si logro distinguir, querré acercarme, tocar, quizás hablar. Mi "espíritu" me dice que eso no es posible. Nosotros no hablamos. Debo conformarme con adivinar desde mi escasa visión lo que mi ceguera sabía desde siempre. Me rodea la oscuridad. Hay otras cosas —¿serán almas?— en este lugar. No tengo derecho a mirarlas. Sé que mi presencia aquí es inerte. Las cosas están. ¿Tendrían también "alma" como yo creo tenerla? ¿O soy yo una excepción: la única cosa que quiere ver otras cosas, la única "alma" que adivina lo imaginable. Que hay otras cosas parecidas a mí —¿iguales a mí?— en este lugar que desconozco aunque lleve mucho tiempo en él.

Sospecho. ¿Encerrada aquí?

Sospecho, sin derecho. ¿Quién me ha dicho que estoy encerrada aquí? ¿Quién me mete en la cabeza la idea de un encierro? Si estoy encerrada, ¿qué es lo contrario del encierro? Me castigo a mí misma. Nada me autoriza a pensar estas cosas. ¿Por qué pienso así? ¿Por qué imagino "luz" si todo es "oscuridad"? ¿Por qué hablo de un "afuera" si todo está adentro? ¿Y qué me da derecho a hablar de un "adentro" si esta es la única realidad que conozco? Esta que habito.

Me basta pensar esto para conformarme de nuevo, como lo tengo sabido desde hace siempre. No tengo derecho a hacerle preguntas. Está prohibido imaginar que existe "otra cosa" que no sea lo que, en la oscuridad, conozca. Culpable de nuevo. "La oscuridad". ¿De dónde me vino esta absurda idea? ¿Qué es lo contrario de lo oscuro? ¿Dónde está?

Regreso entonces a mi verdad original, asida a ella. No hay "oscuridad" porque no existe la "no-oscuridad". No hay "adentro" porque no hay nada "fuera" del espacio que habito.

Lo habito. Y lo comparto.

Esto es lo que me revela la débil luz que me va llegando poco a poco. La luz, acaso, nace de mí e ilumina lo que me rodea. No sé.

Me detengo aquí. Sentí un miedo espantoso al pensar esto. Miedo de dejar de ser. Miedo de alejarme. ¿De qué? Temor de ser expulsada. ¿A dónde?

Tú te preguntarás por qué digo esto. Sobre todo, por qué lo pienso. Te lo preguntas porque me sabes oculta en el fondo de la oscuridad. ¿Cómo sé lo que digo? ¿Cómo puedo comparar, adivinar siquiera lo que hay fuera de las tinieblas?

Lo sabrás al terminar esa historia. Sé paciente. Por favor.

Ahora voy contando con la cabeza algo que tú llamas "tiempo". Mucho "tiempo". Algo me dice que estoy aquí desde hace mucho "tiempo" y que estaré aquí para "siempre". No recuerdo en qué momento llegué hasta donde estoy. ¿Por qué, entonces, me viene la idea de otro lugar que no es el sitio donde me encuentro?

Como mis ojos empiezan, poco a poco, a distinguir las formas que me rodean, me digo a mí misma que si hoy empiezo a ver algo es porque antes de venir aquí estuve en un lugar donde podía verlo todo. Esta es una ilusión solamente. Aunque esa ilusión —¿ese sueño?— me permite creer, a veces, que estoy donde estoy porque hay un "arriba" y un "abajo" de mí. Esta es una fantasía inútil, puesto que saberlo no autoriza mi movimiento hacia "arriba" o hacia "abajo". Hacia ninguna parte, quiero decir. Esta es una idea conformista. Esto lo sé. Si no tengo nada "arriba" o "abajo", mi lugar es la realidad y debo aceptarla con sumisión. Pero si hubiese un "abajo" yo me preguntaría por qué no desciendo uno o dos escalones más para conocer lo que vive debajo de mí. O por qué, sobre todo —este es mi impulso más peligroso—, por qué no asciendo, por qué no "subo" a un lugar que está encima de mí.

Créanme. Lo intento. Me levanto y me golpeo con fuerza. Me golpeo la "cabeza". Hay algo "encima de mí que me impide ascender". Piso. Hay algo "debajo de mí que me impide, también, descender". Cuando entiendo esto, estoy a punto de conformarme. Estoy aquí. Desde siempre. Para siempre. No debo hacerme ilusiones. Si me levanto, me golpeo la "cabeza". Si piso la tierra, veo que no hay más realidad que la tierra misma. Pero tengo lo que tú llamas "pies".

Óyeme. ¿Te das cuenta de lo que acabo de decir? ¿No entiendes, tú que estás aquí? ¿No te llena de alegría y de congoja, como a mí, saber de repente que aquí donde estoy hay un "arriba" y un "abajo" y en consecuencia un "espacio", no sé cómo explicarlo, tú me lo dirás un día, un "espacio" acotado, encerrado, y que en ese "espacio" yo soy pero soy con fatalidad, sin voluntad propia? Que yo estoy aquí en contra de mis deseos. ¿Será cierto lo que apenas intuyo?

Este pensamiento me alarma terriblemente. Yo no tengo derecho a pensar que estoy donde estoy como una prisionera. Ese no es mi destino. Y si estas no son ni mi fatalidad ni mi tarea, ¿cuáles podrían ser, si no destino, función?

Esta duda me penetra y me acorrala, como si la piedra pudiese, de súbito, adquirir un pálpito y convertirse en algo diferente. Algo *vivo*.

Lo único diferente es mi mirada. A cada instante —¿qué es un "instante", por qué me enseñaste esta palabra, por qué me has perturbado tanto?— veo con mayor claridad lo que me rodea. Y al distinguir otras cosas, me animo a dar unos pasos. Créeme que esta sola acción —dar unos pasos— es lo más incomprensible que hasta ahora me ha sucedido. Yo aceptaba que la luz se hiciese en torno a mí —¿desde mí, me dices, desde mi mirada?—. No contaba con que al "ver" —así lo llamas tú— me animase a caminar. Luz y movimiento. Date cuenta de lo que esto es para alguien —o algo, yo no sabía lo que yo misma era— que se creía de piedra y condenada a la inmovilidad.

Veo y me muevo. O me muevo y puedo ver sólo porque me atrevo a dar pequeños pasos por el lugar donde me encuentro.

Apenas lo hago, me topo con un obstáculo. Adelanto las manos para identificarlo —descubro que tengo "manos" y tengo "tacto"— y lo que toco no es liso, parejo, como yo he entendido hasta entonces todo lo que es —todo lo que me rodea pero no alcanzo a ver—. Lo que toco tiene forma. Abro los brazos. Abrazo algo grande. Toco lo alto. Es piedra. Conozco la piedra. Yo misma creo ser de piedra. Mi tacto desciende. Toco una superficie lisa. De repente, la superficie se rompe y yo dibujo dos arcos separados, bajo unos pliegues gruesos que se abren en torno a dos globos,

círculos —¿dices que se llaman "ojos"?— entre-
cerrados y separados por otra superficie que toco y abandono con un grito.

Debía asombrarme. He gritado. Por primera vez tengo voz y puedo gritar. Paso por alto
una novedad tan nueva porque toco y por los
hoyos de ese espacio que toco emerge algo que
conozco porque respiro, he respirado siempre
aunque sólo ahora me doy cuenta de ello al
acercar mi mano al jadeo que emerge, se retrae
y aunque emerge de nuevo de dos hoyos que
me espantan tanto que desciendo rápidamente
a la siguiente superficie, dos tiras gruesas y apre-
tadas por las que asoman —me llevo la mano a
mi propia cara, descubro mi rostro adivinando
el de la piedra humeante— por la que asoman
—toco los míos, los descubro— unos objetos
pequeños, afilados y punzantes.

¿Me dices que es mi boca, que son mis
dientes? Entonces lo que toqué en este instante
fueron la boca y los dientes del objeto que aca-
ricio ahora sin miedo, porque he descubierto en
mi propio aliento el de la figura a la que me
acerco y toco sin entender que ella, también,
me mira y me toca al dejarse tocar por mí.

Este encuentro, este tacto que me parece
por un breve momento tan natural, tan bueno,
puesto que por primera vez me acerca e identi-
fica a otra cosa en el lugar donde yazgo, desata
algo que no sabría describir. Un furor. Una gritería. Un escándalo. Una protesta. Una
violación.

Déjame, te lo ruego, detenerme aquí para reconocer lo que no tenía y ahora tengo:

respiración. Repito lo que tú ya sabes. Yo me creía destinada a permanecer siempre, yaciente, en la oscuridad que me era tan natural como mi propia forma. Luego llegaste tú.

2.

Escuché un ruido en la espesura. Alargué la mano porque un brillo me llamó la atención. Al tocar el brillo, supe que era de metal. Y al detenerme en el metal, toqué tu mano y te atraje hacia mí.

Te resististe. Al cabo renunciaste. Fuiste apareciendo poco a poco de la selva como para encantarme y engañarme mostrando primero tu mano —tu brazo —tus pies —tu figura vestida con un paño largo y bordado. Tu cabeza. Tocada por un aderezo ancho, complicado, que le da una severidad casi ceremonial a tu rostro. Tus ojos sonrientes. La sonrisa de tu boca.

Saliste de la selva.

Me miraste.

Yo me quité el casco por una suerte de respeto mezclado con cordial disposición. Tú me miraste. La cabeza primero. Mi gran calvicie compensada por una barba rojiza que al principio pareció deslumbrante, como si mi pelo fuese de sol. Luego entendí —enseguida— que no te cegaba mi barba, sino mi presencia entera. Mi aparición aquí en la selva del lugar que hemos bautizado como la Vera Cruz.

—Me llamo Cristóbal de Olmedo —le digo a la mujer hallada, sin la menor esperanza de ser comprendido aunque sin otro recurso que este, el de la lengua.

Ella me mira. Me revisa. No dice nada. No logra ocultar del todo lo que yo llamaría su asombro —que acaso es sólo la imagen refleja de mi propia sorpresa.

—Me separé de mis compañeros —continúo, hablando más para mí que para ella—. Te podría decir que ando perdido. Es cierto.

Sigo.

—Me separé de mi compañía.

Hablo como si la mirada de la mujer me apurase a seguir.

—Abandoné a mi gente.

Ella sonríe, sin motivo que yo entienda.

—Busco el paso imposible.

Ella señala hacia el fondo de la selva. ¿Mis gestos son entendidos?

—Soy, estrictamente, un desertor. En realidad, sólo busco un camino distinto en esta tierra extraña.

Me digo —le digo— que si todo aquí es nuevo, ¿por qué no ha de serlo la aventura de cada cual? ¿Qué me obliga a someterme a la disciplina del capitán Hernán Cortés? Él mismo, ¿no desobedece al gobernador Diego Velázquez, que le ordena dar por terminada la expedición y regresar a Cuba? Él mismo, ¿no ha quemado las naves para prohibirse el regreso? ¿Seré yo menos que él? ¿No me puedo cortar la retirada yo también y seguir adelante hacia lo desconocido?

Busco la inteligencia en la mirada de la mujer.

Sólo encuentro esa sonrisa constante.

Me doy cuenta de que ella es no sólo discreta. Es desconocida. Y me desconoce. ¿No es esto lo que buscaba? ¿Desconocer y ser desconocido? ¿Aventurarme solo en esta tierra nueva, más audaz que nadie, sin más armas que un puñal y una cruz? ¿Ser el aventurero sin compañía, sin esos caballos que causan espanto a los naturales, sin el estruendo del cañón, sin la pretensión de ser Dios, sólo hombre?

Y ¿qué es un hombre sin una mujer?

La encontré y le tiendo la mano.

Ella sale de la selva y toma la mía.

Bastan estos gestos para soldar nuestros destinos.

Creí que avanzaría solo. Ella salió de la selva a acompañarme. ¿Cambió mi destino? ¿O sólo se cumplió lo que siempre estuvo escrito?

Ella me conduce selva adentro.

Se apartan las ramas y aparece un gran templo labrado, de escalinatas pinas, un piso sobre el otro hasta sumar cinco, adornado por máscaras en cada nivel, un edificio de ascenso difícil.

Veo que lo rodean árboles del paraíso, pues las frutas que arranco son novedosas, y son jugosas y son sabrosas. Ella me indica: esta sí, esta no… Estoy en buenas manos. Comemos. Al caer la tarde, las nubes se acumulan. Amenaza tormenta. Busco refugio. Hay una apertura en la pirámide. Tomo a la mujer de los brazos y la conduzco a la entrada del templo.

Ella grita, me rasguña, se resiste.

Ella, por primera vez, deja de sonreír.

3.

Hemos hecho un campo al pie de la pirámide. No pregunto acerca del tiempo que permanezcamos aquí o qué cosa la mantiene a ella en este sitio. Supongo que es un lugar acostumbrado, que ella conoce bien, donde se siente a gusto y me invita a acomodarme en él.

No la desengaño. Prefiero, por el momento, aceptar las reglas de la mujer, que es de aquí, aunque mi ánimo original no ha cambiado. Quiero seguir adelante y el tiempo vuela. Conozco al capitán Cortés y sé que habiendo quemando las naves, seguirá adelante a descubrir (y conquistar) este reino misterioso. A menos que encuentre, antes, la muerte. En ese caso, yo tendré la misión de continuar con mis escasas armas y mi inexistente bagaje. Solo.

Aunque he encontrado a la mujer sonriente, plácida mientras no le haga entrar al templo. He entendido. No lo hago. Le doy tiempo para que se acostumbre a mí y nos entendamos un poco. Esto no es difícil y pronto pasamos de las señas a las palabras que ella empieza a entender aunque yo me resista a comprender las suyas. Admito mi arrogancia. Yo voy a seguir hablando castellano, lengua de civilizadores, lengua del mundo, y no tengo por qué aprender dialectos indios. Que ella aprenda.

Y ella lo hace rápidamente.

Nos entendemos. Sé que la reunión corporal me está, por el momento, vedada. Hay algo en la mujer que, sin dejar de sonreír jamás, es prohibitivo. Debo esperar el momento. Exige un trato muy ceremonioso y yo se lo doy con gusto. Pero al cabo, soy hombre y ella es no sé si hermosa, o sólo misteriosa. El misterio basta para encender mi pasión pero también para aplazarla.

Reconozco que hay algo profundamente extraño en esta situación. No sólo por el lugar, la aparición de la mujer y la veda de la pirámide. La extrañeza mayor se da entre la velocidad que yo llevo —y que he sosegado en honor de la hembra— y la profunda pasividad de ella, a quien he dado en llamar —y ella lo acepta y se acostumbra a ello— "mi princesa".

Confundo la situación. Vivimos separados de la vida diaria pero también de la vida aventurera. Sentados al pie de la pirámide, yo siento que salí de Cuba a vivir lo excepcional y que he exagerado este destino hasta hacerlo sólo mío, el de Cristóbal de Olmedo, sin compañeros aunque con compañía: la de esta mujer, mi "princesa", que parece vivir en una frontera indecisa entre salir o entrar de la pirámide. Parece, más que resignada, contenta de estar aquí conmigo. Sé que penetrar el recinto del templo la asusta. Pero no puede alejarse del templo mismo. Aquí, en el espacio circundante, ella escoge las frutas, prepara las comidas, hace vida compartida conmigo. Aunque nunca duerme.

He despertado en más de una ocasión y siempre la encuentro acuclillada, vigilante. A veces he fingido dormir para ver si ella sucumbe al sueño. Jamás. Hasta donde yo puedo certificarlo, ella nunca cierra los ojos. Y nunca deja de sonreír. ¿Qué pasaría el día en que yo le diga que debemos seguir adelante? ¿Me acompañará? ¿Me abandonará? ¿Me matará? Pienso esto devolviéndole la sonrisa. Ella, la eterna sonriente, jamás cometería un crimen. Creo.

No deja de asaltarme la idea de que, al invadir y conquistar esta tierra, que es la de ella, yo estoy agrediendo a la gente a la que ella pertenece, estoy desviando el destino de la mujer y de su pueblo. Mi justificación es que acaso algo nuevo y bueno nazca del encuentro. No lo sé. No lo sabré hasta que decida proseguir la aventura, abandonar la pirámide y averiguar si la "princesa" me va a seguir o prefiere quedarse aquí, en esta perpetua vigilia a las puertas de un templo abandonado.

4.

Ella continúa despierta todo el tiempo y yo, sin desearlo, duermo y despierto inquieto, temeroso de que, al lado de ella, yo deje de distinguir entre el sueño y la vigilia… entre el cuerpo y el alma… entre el hoy y el ayer.

Sólo que el hecho de que ella jamás duerma comienza a inquietarme más de lo debido. Por una razón. Hasta ahora, yo he aceptado que el mundo de la "princesa" no es mío. Sólo que a medida que pasan los días, esta diferencia amenaza con desaparecer o, al menos, con desleírse. La vigilancia eterna de la mujer me comienza a acercar demasiado a ella y a preguntarme si mi alma y mi cuerpo coinciden porque alternan vigilia y sueño. O si yo vivo una mentira creyendo que mi alternancia de tiempos es real o sólo un engaño.

¿Sólo duermo o sólo vigilo?

¿Mi sueño es una ilusión y vivo imaginando que sueño?

¿O mi vida es una mentira nacida de un sueño permanente?

Esta pregunta comienza a afligirme más que el zumbido de los insectos, el crepitar de las ramas o el rumor lejano de animales que, sin embargo, parecen acercarse poco a poco al espacio húmedo y aislado donde estamos viviendo —¿soñando?— ella y yo.

Trato, para volver a la realidad (a mi realidad) de enseñarle palabras que son ideas, ideas que son palabras. Le enseño "tiempo" y lo entiende aunque lo confunde con "siempre". Le explico que las cosas tienen un "arriba" y un "abajo" porque todo está situado en un "espacio". Le demuestro —porque parece ignorarlo— lo que es "ascender" y "descender". (Le alarma que lo haga subiendo y bajando por la escalinata de la pirámide.) Me señalo a mí mismo para decir "cabeza" y "pies". Me cuesta más explicar el "instante" pero ella parece entender enseguida que la luz emana "desde mí", en este caso, de su propio cuerpo…

Esto último me lleva a un misterio que nace de ella y se convierte, porque ella lo origina, en un dilema mío. Me doy cuenta de que si para mí ella es una mujer extraña, yo para ella soy algo más: soy el otro, lo radicalmente distinto. No lo excepcional o raro, como ella lo es para mí, sino lo aparte, lo que no pertenece al género de esta mujer. No porque yo sea extranjero, o hable español, o tenga una barba roja, sino porque pertenezco a otra existencia que vive fuera de la vida, en algo que para ella debe ser más fantástico que la propia extrañeza de ella para mí.

Pienso esto una noche al despertar y encontrar, una vez más, más fuerte que la luz de la luna, la mirada de la "princesa". Ella me mira de una manera que me da miedo. Ella me observa como si quisiera exorcizarme. Siento frío en la espalda. ¿Quiere ella convertirme en un ser diferente del que soy? ¿Quiere, en otras palabras, despojarme de mi… humanidad? ¿Quiere que abandone mi pasado, mi destino, mi carácter de explorador, de descubridor, de conquistador, para unirme al mundo, para mí incomprensible, lo entiendo en ese despertar a la vez severo y sobresaltado, de mi "princesa"?

Siento algo insólito en ese momento, mi cuerpo y mi alma no coinciden. Se separan.

Creo que hay una lucha, antes impensable, entre los dos. Ella me arrastra adonde yo no estoy, en contra de mi voluntad. Y yo siento que, a pesar de todo lo que ha sucedido —enseñarle el castellano, permanecer aquí con ella en vez de seguir mi camino y adelantarme a Cortés o sustituirlo si Cortés ha muerto, dormir mientras ella parece velar eternamente— hay un cambio repentino. En este instante, yo no soy el amo de la mujer. No soy yo el que decide. Ella decide por mí.

¿Qué quiere la "princesa"? ¿Que sigamos adelante? No: ese es mi propio deseo y en los ojos de ella adivino la voluntad contraria. ¿Que permanezcamos aquí? La miro con fuerza y aunque ella sonría sin parar, sé que no es este, tampoco, su deseo.

Entonces ella mira hacia el templo y yo entiendo. Ella quiere que la acompañe al templo, a la pirámide. ¿De regreso a la pirámide? ¿Ella salió de la pirámide a mi encuentro? ¿O ella sólo puede entrar al recinto si yo la acompaño?

¿Es esto lo que la "princesa" quiere de mí? ¿Una compañía para entrar a ese templo que tanto pavor le causa y al que antes no me dejaba entrar y ahora sí porque algo nos une, el sueño mío, la vigilia de ella?

Ella sonrió. Yo ya no pude devolverle la sonrisa. Mis sentimientos oscilan entre el amor y el odio. El amor, porque en estos días he aprendido a vivir con ella, a acostumbrarme a su simple estar aquí en medio de la selva y al lado de la pirámide. Me he acostumbrado a ella. Y ahora su mirada, que desmiente a la sonrisa, es fría y temible porque convoca lo que yo no quería sentir. Miedo primero y enseguida un odio irreprimible hacia la mujer.

Sólo que el odio significa separación. Y si ella me impide separarme, significa la muerte. De ambos o de uno de nosotros. La unión de la sonrisa eterna y la mirada amenazante me llena de miedo —más miedo que ante las lanzas de las tribus de la costa, porque ahora el temor se mezcla con el amor.

Ella me toma de la mano. Es la primera vez que nos tocamos y yo siento el hielo de su carne. No hay algún pulso. No corre la sangre.

La mujer es una piedra helada que no deja de
sonreír.

5.

Me estaban esperando. He entrado al
templo. Creía haber olvidado la profunda oscuridad de este sitio. Mi mirada tarda en acos-
tumbrarse. Apenas distingo la gran cabeza. La
luz que traigo de afuera ilumina otras cosas.
Siempre han estado aquí, en la profundidad de
la pirámide. En la tumba de mis dioses. Aquí
están —los distingo poco a poco— los ancianos
de espaldas cargadas y barbillas blancas. Aquí
están los niños. Todos enterrados. Ahora lo entiendo. Él me enseñó a distinguir "arriba" de
"abajo", "ascender" o "descender".

Por eso ahora entiendo que entré a este
recinto y bajé; que entré y descendí. Que allá
arriba quedó la selva. Quedó el templo. Que
ahora he bajado, he descendido a un lugar que
es el mío, de donde jamás debí alejarme, porque aquí estamos todos debajo de la tierra. Enterrados para que no nos coman los animales.
Enterrados para desaparecer devorados por la
tierra, que no admite perdurar después de la
muerte.

Me rodean poco a poco los niños. Apren-
do a mirarlos. Todos sonríen. Tienen dientes
afilados. Se acercan a mí en cuatro patas. Son
niños. Son animales. Son jaguares. Hablan y me
dicen cosas, los ancianos, los niños-jaguar, se
acercan o me atraen. No sé. No puedo resistirlos.
Soy de aquí, me digo, nunca debí abandonar

esta tumba, debí desaparecer a tiempo… antes de salir y conocer al hombre y aprender su lenguaje… Debí permanecer.

Oigo lo que los niños-jaguar me murmuran al oído, te atreviste, te atreviste, te atreviste a salir, renunciaste a ser piedra, ¿no entiendes que sólo siendo piedra te salvas de desaparecer?, ¿no has sabido siempre que en este país los cadáveres no sólo mueren, sino que son enterrados para disolverse en la tierra, desaparecer, no dejar ninguna traza de que vivieron, fundirse en lo invisible? ¿No entendiste que lo único que dura es la piedra, que tú y yo y la gran cabeza fuimos hechos de piedra para durar y que si escogemos salir y ser carne, vamos a morir y a desaparecer, cadáveres, en la tierra de humedades mortales?

¿No lo supiste siempre? ¿Por qué saliste? ¿Para qué te aventuraste? ¿No sabías, miserable de ti, que si renunciabas a ser piedra y salías a reclamar tu carne morirías y serías enterrada y desaparecerías para siempre? ¿No lo entendiste, pobre, miserable mujer?

Yo me toco a mí misma oyendo estas palabras de los niños. Me toco el pecho, el cuello, los brazos, preguntándome si la verdad es esto que siento o aquella que ellos me describen —la que siento que me libera aunque me mata y la que siento que me esclaviza aunque me eternice…

No sé cómo responderle a los niños-jaguar que me cercan y amenazan; no sé cómo contestar a la risa de los viejecillos barbados; no sé cómo vencer a la cabeza colosal y babeante que me mira desde siempre y para siempre.

Para siempre... ¿salí alguna vez de aquí? ¿Conocí el mundo fuera de este lugar? ¿Recuerdo otro lugar menos oscuro, o sólo he imaginado que existe un lugar de luz?

No sé si veo lo que ya pasó y estoy ciega ante lo que sigue siendo... No sé quién soy. Si soy una figura de piedra que aquí yace y permanece, o la figura de carne que pasa afuera y desaparece para siempre...

La gritería de los niños-jaguar aumenta y me impide pensar con claridad. Son voces espantosas, mitad humanas, mitad bestias, mitad de hombre amenazante, mitad de hembra hambrienta de cópula, voces parturientas, voces de recién nacido, voces de la agonía. No sé para dónde volverme, escapar o sumirme para siempre en el silencio y la oscuridad.

Tampoco sé si esto último es posible. ¿No me han condenado ya? ¿No he transgredido mi propio destino saliendo de aquí y conociendo a un hombre que al tocarme me arrancó un grito y me devolvió al hoyo obscuro de los dioses?

Por un momento, dudo de que fue cierto lo que viví fuera de aquí. Viví un instante de reunión. Eso fue. Él me habló del cuerpo y del alma. Por un momento, yo sentí que tenía eso, un cuerpo, un alma. Olvidé mi vida eterna aquí en el hoyo sagrado y entré a la vida que no dura y que por eso es ella, tentadora, total, porque no va a permanecer...

Los niños gritan. Los ancianos advierten. Si salgo de aquí, dejaré de existir un día. Seré sepultada en la tierra y desapareceré disuelta en el polvo.

Los ancianos callan. Los niños se burlan. Ya saliste de aquí. Ya no serás nunca como nosotros. Vas a morirte aquí con nosotros. Nosotros —¡cómo chillan!— te veremos morir aquí adentro y nos reiremos de ti, serás un cadáver más, sólo que rodeado de nosotros que nunca moriremos, sólo te veremos perecer poco a poco, carroña, muérete ya…

Si yo me resisto a la condena es porque he conocido algo diferente. He visto algo fuera de este recinto. He conocido a un hombre que no me trata como piedra. ¿Qué me falta hacer?

Entonces sucede algo impensable antes. Los niños gritan chirriando. La gran cabeza babea. Los ancianos se encorvan aún más. Y yo caigo dormida.

Yo duermo.

Como vi al hombre de afuera dormir, ahora así duermo yo. La novedad del sueño me embriaga. El sueño me defiende de estos seres, ayer familiares, ahora enemigos detestados y que me detestan. Sueño por vez primera.

La gritería es insoportable.

6.

Cristóbal de Olmedo me dice que él sabe que vive algo excepcional y que teme regresar a la vida de todos los días (¿qué es eso?). Parece sonreír o murmurar.

—Ahora, pronto, o un día viejo y sin más cosa que mis recuerdos.

Yo estoy hincada ante él.

—Pero tendré para siempre la certeza, mujer, de entender que la verdad es no sólo lo que se ve, sino lo que no se ve.

Él pone su mano sobre mi cabeza despojada de tocados sacros. Cabeza limpia. Cabellera negra.

—Dime, mujer, ¿eres como yo?, ¿eres igual a mí?

Yo asiento con la cabeza.

—Sí.

Y él dice:

—Vamos a seguir juntos. Yo te bautizo Carolina Grau.

La tumba de Leopardi

A Lucas Formentor,
la hora italiana.

"Es el último de su raza". ¿Mi padre decía esto con orgullo? "Su rostro y su andar lo delatan". Lo decía con desprecio. Y me obligaba a preguntarme, ¿soy el último?, ¿quién es el último?, ¿quién es el siguiente del último? Con estas frases trataba, a un tiempo, de vencer a mi padre, de exorcizarlo. Conocía de antemano la inutilidad de mis razones. Mi padre estaba allí para ser, él, el último de la raza. Yo era una intrusión, un mal chiste de la fortuna. Sin embargo, él toleraba el inútil afán de mi madre —tener más hijos— como una insensatez deseable. Si hubiese otros, yo no sería el último. Pues aunque otro —el Leopardi nonato— fuese el último de verdad (y no mi padre, ni yo) la estirpe tendría, si no la gloria de acabar para siempre (el deseo de mi padre), sí la fortuna de no acabar conmigo.

Yo me pregunto si esta era la realidad detrás de mi relación conmigo mismo —la relación de Giacomo Leopardi con Giacomo Leopardi—. Mi padre me hacía sentir que yo era un extranjero en la gran mansión ancestral de Recanati. ¿Por qué estaba yo aquí? ¿Por qué aparecían cucarachas en los rincones? ¿Por qué colgaban las arañas del techo? Sabiendo esta disposición de mi padre, me miraba al espejo por la simple necesidad de duplicarme. Saberme dos era ya una especie de alivio ante el uno presente pero abocado a la muerte para acabar con la estirpe.

Ahora había más de dos cabezas en el espejo.

No sé si este fue el motivo —tan simple y tan secreto— por el que, deseoso de ser otro, me convertí primero en dos ante el espejo.

Dos. Yo y mi reflejo. Tardé en darme cuenta de que mi imagen duplicada —yo y la del espejo— éramos tres: yo y dos en el espejo, mi reflejo y un intruso que era yo. Tardé en entenderlo. Creí que la vista me fallaba. Sólo cuando mi propia imagen me reflejaba fielmente pero la otra imagen —que también era yo— se empezó a mover con autonomía y aun con hilaridad —llegó a sacarme la lengua— me di cuenta de que esa nueva imagen era un tercer Giacomo Leopardi.

Me fui a dormir a temprana hora, como si las buenas e irregulares costumbres pudieran exorcizar esa gran broma de mi espejo, y la verdad es que no pude dormir, horrorizado por la siguiente idea: durante la noche, el cobertor se apartaría, la almohada vecina se acomodaría y otro cuerpo —mi propio cuerpo— vendría a acostarse a mi lado.

La idea me llenó de un miedo *original* —la invención del miedo—. Yo ya no sería yo si otro Giacomo se venía a acostar a mi lado. Y el yo original —el mío— agradecería, a pesar de todo, la cercanía de otro cuerpo en ese camastro desolado, donde nunca hubo más que un soñador —yo mismo.

Me levanté y acudí al espejo.

Allí estaba mi reflejo, el acostumbrado, el que veía al afeitarme y al peinarme también. Qué poco me veía al espejo, dándole la razón a mi padre: "Su rostro lo delataba: es el último de su raza...".

Y no. Y sí. Yo me miraba al espejo. Mi rostro cotidiano se reflejaba. Y el tercer rostro estaba allí, empeñado en demostrar que era yo y no era yo. Que ese fantasma era idéntico a mí pero era otro yo. Hacía gestos, fruncía el ceño, hacía el bizco, me sacaba la lengua, todo con el propósito de decirme: "Soy tú y soy otro".

Estoy seguro de que mi padre nada sabía de cuanto aquí relato. Como de costumbre, se sentaba a la cabeza del refectorio y empuñaba el cuchillo malévolamente, diciendo cosas.

"Quienes nacen entre nueve y diez de la mañana están predestinados para la desgracia".

Palabra que mi madre recibía con la cabeza baja y la resignación alta, como admitiendo, sin decirlo, que a esa hora yo había nacido.

Yo, en cambio, no atribuía mi fealdad, mi cuerpo mal hecho, a la hora del nacimiento sino a una decisión colectiva. Llámese raza, genealogía, sangre exhausta, todo lo que no era la voluntad y el desprecio cruel de mi padre, todo lo demás me decía,

"Eres distinto porque así lo decidimos".

¿Quién? ¿Quién lo decidió? ¿Quién determina las taras y las virtudes, la belleza y la fealdad, la fortuna, en suma, de un hijo?

Aprendí a vivir lado a lado con el miedo. Miraba los muros de la casa mía. Miraba afuera, a la desolación invernal de mi pueblo y pensaba "no hay escape posible". No hay fuga. Aquí nací y aquí moriré. Mis únicas posibilidades son el miedo o la fuga. Creo que el miedo es posible y la huida, no.

"Quisiera ser otro".

Esto lo dije una noche en voz alta, como impulsado por el sentimiento de que lo no dicho nunca existirá en el mundo, se morirá dentro de mí, parte del vasto cementerio de todo lo que jamás decimos porque el pensamiento es más veloz que la palabra. Por no ofender al prójimo. Por guardar las apariencias. Por cortesía. Qué sé yo.

En cambio, esta noche en que las razones de mi desesperación culminaban en una mezcla de rabia e impotencia, lo dije en voz alta:

"Quisiera ser otro".

El espejo se iluminó. Digo, se llenó de una luz que no era la del mundo reflejado, sino la del propio espejo cuando nadie lo miraba. Sentí, con un temblor involuntario, que el espejo tenía vida propia y que yo era un accidente pasajero, mero transeúnte de la vida propia del espejo.

El espejo me convocó. Esperé verme como otro con las gracejadas, las muecas, las faltas de respeto acostumbradas. Esta vez no. Allí estaba yo, Leopardi, un poco amodorrado, arrancado al sueño, yo como soy. Y al lado estaba el tercer Leopardi, infinitamente serio, iluminado y dueño de sí. Era yo y hablaba. El espejo hablaba.

Vagas estrellas de la Osa,
no pensaba volver a veros,
como antes, resplandeciendo
sobre el hogar paterno
y hablaros, estrellas,
asomado a la ventana
de este caserón donde viví de niño
y donde vi el final de…

Entonces la voz calló y la imagen se desvaneció, dejándonos sólo el eco de mi propia voz, la del poeta Leopardi, dándome a entender que ese espíritu burlesco, aventurero, peregrino de sí mismo, encerrado en la casa del padre, que era yo, era todo lo que me producía desagrado de mi propia persona —sacar la lengua, hacer el bizco, echar trompetillas— y todo lo que me daba el placer mayor: unir palabras, pensar que era poeta, que podía decir lo que nadie había dicho jamás con las palabras que siempre se habían dicho, mas nunca así:

Vaghe stelle dell'Orsa, io non credea
tornare ancor…
sul paterno giardino…
e ragionar con voi dalle finestre…

Y al escuchar esa voz —al escucharme a mí mismo declamando mi propia palabra en la voz del otro— pensé con furia y ansia, ¿quiero ser otro, quiero ser *ese*? En cambio, me esperaba el amanecer del horror súbito. Imprevisto. Una mañana. Sólo para darme cuenta de que el otro era yo. Y sin embargo, a pesar de saber que existía como otro en el espejo, saber también que yo era único.

Jamás lo dije de esta manera. Mejor.

"¿Por qué soy único?".

"¿Por qué soy insustituible?".

Bajé esa noche a la cena ofrecida por mis padres a los notables de Recanati; paseándome, jorobado y solo, entre los invitados, sintiéndome el extranjero en mi propia casa.

Y escuchando sorpresivamente, antes de entrar al *salotto*, a la señora que decía:

—No es que sea deforme. Es que huele mal.

Me detuve. No entendí. ¿Se refería a mí? Por supuesto. ¿A quién más? A ninguno de los invitados. Nadie más era "deforme". ¿Olía mal? ¿Yo "apestaba"? ¿Literal o simbólicamente? ¿O había otro "apestoso" entre la noble concurrencia?

Me refugié en la biblioteca de mi padre. Libros muertos. Libros mudos.

Miré por la ventana. El cielo era una ilusión. Lo sostenía la piedra.

Regresé a mi espejo.

"Amor", habló el poeta, "amor… nace el valor o se despierta…".

"Amor, nasce il coraggio,

o si ridesta…".

Entonces, aturdido por los rumores de la fiesta, por las voces burlonas, por la cortesía insincera, por mi propio aislamiento y mi enorme congoja, salgo corriendo de la biblioteca, de regreso a mi recámara, con las manos sobre las orejas. ¿Por qué no quería oír? ¿Por qué todo lo extraño a mí me injuria?

Me llevo las manos a las orejas y no las encuentro.

Me palpo la cabeza y sofoco un grito de horror.

Palpo mi cara.

Y mis manos buscan las viejas orejas y no las encuentran.

Abandono mi cara y extiendo las manos.

Encuentro otra cabeza a la izquierda de la mía.

Y otra a mi derecha.

Suelto las manos.

Las adelanto para guiarme de regreso a la recámara.

No confío más en mi mirada.

Sólo que al llegar a mi habitación, no logro vencer la tentación de verme en el espejo.

No me atrevo a mirarme. No necesito reflejarme para saber lo que ha pasado: tengo cinco cabezas. La mía y dos más. No necesito verme para saberlo. Hay otra cabeza a la derecha de la mía. Y otra a la izquierda. Y otras dos al lado de las primeras dos. Y yo en el centro de este lampadario de testas. Yo que me doy cuenta de mi monstruosidad y no tengo el valor de colocarme delante de un espejo y duplicar lo que ya se quintuplicó. Soy el pentatesta, me digo con horror. Y es el horror lo que me mueve a negar mi propia existencia: si ese ser deforme soy yo, prefiero dejar de ser —pero el mundo no me lo permite—. Todo —las campanadas, los gritos de la calle, el paso de las procesiones fúnebres, los monjes descalzos, los carruajes, las sonajas de los monederos, los ofrecimientos de los vendedores de ropa—, todo se multiplica cinco veces, no hay rumor solitario, yo tengo cinco cabezas y el mundo tiene cinco mil rumores: soy un monstruo, es mi condición para ser y crear pero no lo puedo mostrar en público —ni siquiera me atrevo a mirarme a mí mismo en un espejo—. Las voces, los gritos de la calle me acosan y me arrinconan aún más. Envidio a los muertos, ellos carecen de sentidos, yo sólo quisiera matar a mis cuatro cabezas y quedarme con una sola. Una sola cabeza, ¿mataría en las otras cuatro al poeta que quiero ser? ¿Cuál de mis cinco cabezas me dicta el poema?

No puedo contestar porque ninguna de mis cuatro cabezas sabe que está unida a otra cabeza y todas unidas a mi propia cabeza, la cabeza del poeta Giacomo Leopardi, un hombre acosado de voces, un cuerpo que no tiene ya fuerza para enfermarse y morir, un cuerpo que quisiera volver a la niñez para tener frente a sí el poder de la creación que el tiempo, bandido, le robará.

Escucho.

El movimiento de un telar.

El croar de las ranas.

El mugir del ganado.

El balar de las ovejas.

El viento entre las ruinas.

Los gritos de los antepasados y el temor helado de que si antes el espejo sólo reflejaba una cabeza —la mía— y somos yo y cinco cabezas las reflejadas ahora, mañana surgirán más cabezas, hasta ocupar todo el espacio del espejo, desbordarse y entonces…

"—No debiste ser el último.

"—Nuestra raza merecía un fin mejor.

"—¿Por qué naciste?

"—Eres un hombre estéril.

"—Crees que nos engañas? ¿Por qué nos engañas? Cinco cabezas no son una vida. Cinco cabezas son una monstruosidad.

—"No nos engañes. Tus otras cuatro cabezas son tan feas como la que te dieron tus padres".

Nada más difícil en el mundo que provocar el interés en un hombre feo. La fealdad del hijo se refleja en la actitud de los padres. Yo pertenezco a una familia noble en una ciudad innoble. En su vuelo de Palestina a Italia, la virgen María desdeñó a Recanati, mi pueblo, y fue a instalarse a Loreto. Mi padre, para vengarse de Dios, se robó los libros de los conventos abandonados cuando los abolió la Revolución Francesa. Veinticinco mil volúmenes, como para compensar en una gran biblioteca el viento incesante de las calles estrechas, las hojas muertas, la gente lisiada que se arremolina en nuestro patio esperando una limosna, por más que las celosías de nuestro palacio estén siempre cerradas y una anciana se siente a la puerta sobre una silla de paja con el semblante de la prohibición. Veinticinco mil volúmenes robados a Dios.

Mi padre es un aristócrata de provincia. Está enfermo del orgullo de la decadencia: la soberbia del fin de la raza. No es el único. Es el mío. No sé si me quiere o no. Me da acceso a la biblioteca. Le gusta que lea. Pero no le gusto yo. Cómo le va a gustar un niño enclenque, cegatón y de espalda casi jorobada. Y sin embargo, yo me pregunto si mi raquítica naturaleza no corresponde a la voluntad de extinción de mi padre. Que se acabe la raza, que se extinga la línea, él siente en ello la vanidad del ocaso, el protagonismo de la muerte de nuestro linaje.

Mi padre se está quedando calvo de miedo. ¡Ay!

Mi madre, en cambio, quisiera tener más hijos, los hijos que mi padre le niega. La oigo gritar en la recámara, no podemos acabar con un hijo tan feo, mi padre le contesta no más, ella vuelve a gritar, el siguiente será hermoso, te lo juro, déjame tener un hijo bello.

—Tener un hijo al año es voluntad de Dios. Así fueron hechas las mujeres.

—¿Aunque nazcan feos y deformes?

—Para mí, la belleza, no es una desgracia. Veo feo y deforme a mi hijo y le doy gracias a Dios.

Mi padre abre sus libros con un cortapapeles de hueso. Me permite leer pero sé que no me quiere a mí. ¿Por qué? Creo que él detesta la grandeza y no quiere que yo sea grande. Para él, más vale ser infeliz que mediocre. Sospecho.

—Dame un hijo cada año —implora mi madre.

—Resígnate al fin de la raza —contesta mi padre.

Casa fría. Casa gris. Vivimos como mendigos en un palacio arruinado. Miro al mundo a través de los barrotes de mi ventana. Me pregunto, ¿qué nos une como familia?

—La religión —dice mi madre—. Híncate y reza. Si eres creyente, caminarás de rodillas hasta el paraíso. No lo eres. Oye los consejos de tu madre. No te distancies del amor de Dios. No seas amigo de nadie. Que nadie te quiera.

—Jamás comas solo —me regaña mi padre cuando me ve con un pan en la mano—. Comer solo es una infamia. Siéntate a la mesa.

Yo me siento y conmigo mis cuatro dobles.

Sólo yo los veo.

Pronto he de preguntarme: ¿sólo yo la veo?

Entonces un día me asomo por los barrotes de mi ventana y la miro pasar. Esconde el rostro. Parece ocultarse a mi mirada para invitarme a imaginarla. No puedo. No existe nada que se parezca a ella y si lo hubiese, sería menos bello que la mujer que pasa por la calle, bajo mi ventana, celosa, dejándose imaginar por mí.

Ahora levanta la cara. Me muestra su semblante. No sé si mi imaginación es más fuerte que la verdad, o si la verdad corresponde a mi imaginación. La mujer vestida de color violeta oscuro levanta una mirada, lo juro, voluptuosa a causa de sus secretos, no sé de qué otra manera describirla. Un voluptuoso secreto en una mirada que ella me dirige, de eso estoy cierto, levanta la mirada y me mira a mí detrás de los barrotes de mi ventana mirándola a ella, su cuerpo tierno y delicado en movimiento, mi cabeza se siente incapacitada para recibir la belleza de esta mujer, ella me mira con un sentimiento que yo no sé reconocer y que acojo con todo el vigor que aún le queda a mi joven vida.

Digo al verla que su hermosura y la felicidad son la misma cosa, que su paso me provoca un amor desmesurado, ansias indescriptibles, impulsos indeseables, delirios que yo mismo no entiendo. Porque nunca los he sentido antes.

Es una mañana muy fría en un pueblo desolado.

Y le pertenece a ella, a su paso vestida de violeta, más bella que todas las mujeres, convertida en un simple paso por la calle (vestida de violeta), los hombros cubiertos por un mantón, el pelo partido a la mitad y reunido en la nuca, el rostro como el de una noche con dos lunas, o un día con doble sol:

Ella pasa.

Yo me convierto en un siervo que la espera para siempre, al grado de que su figura fugitiva reaparezca en todos los rostros de todas las mujeres.

Y yo sabré que son mentira.

Que nadie es o volverá a ser como la mujer que pasó ese día helado bajo la ventana de mi casa.

—Pasó una extranjera —nos dice mi padre sin que yo le pregunte nada a la hora de la cena—. Vino de paso rumbo a Nápoles. El hortelano me lo contó. Él me cuenta todo.

—Lo sé —digo sin recriminarle la soledad ausente de esta casa.

—Se llama Carolina Grau. Ya se fue.

Me miro al espejo. Mi ser múltiple ha desaparecido. Tan lo sé que me atrevo a verme reflejado. Si no lo supiese, no me atrevería. Me veo como soy. Delgado y con la mirada hundida en la sombra. El pelo ralo y el cuello flojo. La boca, en cambio, cercada con determinación. Tengo veintiún años y he visto para siempre a la mujer amada. He perdido a los cuatro monstruos que me habitaban. Me he quedado con uno solo: el de la cabeza de Leopardi. Dudo: ¿será esta la cabeza del poeta? Me contesta la voz desconocida de la mujer que pasó por la calle:

—Sí. Tú eres el poeta Giacomo Leopardi. Yo soy la mujer Carolina Grau. Esta es tu cabeza. Y yo estoy, desde ahora, en tu cabeza.

Bastan estas palabras para hacerme creer y dudar al mismo tiempo. ¿Vale la pena ser un hombre individual en amores al precio de abandonar las cinco cabezas del monstruo? ¿Cuál es la cabeza del poeta? ¿La que dice ella o el que creía ser yo? Acaso mi monstruosidad era la cara paradójica de un despojo que me obligaba a multiplicar mi persona y ahora la visión de la mujer ha unificado mi visión de mí mismo. ¿Por qué entonces esta angustia casada con mi pasión? ¿Nunca más veré a la mujer, su aparición fue un regalo fugaz, un feliz despojo, una piedad avara, un deseo impostergable de tocar su cuerpo a sabiendas de que ella se separaba para siempre y me dejaba ardiendo y temblando en vano, anhelante, triste, lamentable, los ojos llenos de lágrimas cuando desperté y Carolina Grau seguía viva en mi mirada y el primer rayo del sol no pudo desvanecerla y sus palabras, a pesar de todo, ondeaban en mi cabeza: "Esta es tu cabeza. Y yo estoy, desde ahora, en tu cabeza"?

Debo caer en el deleitoso error de pensar que no la vi si es que quiero volverla a ver por vez primera. Me diré que mi amor no sabe si esta mi mujer —y así la llamo porque sólo a ella la deseo— vive en la tierra o es extraña a ella, voy a pensar que no soy su contemporáneo, como creí al verla el otro día, y que amaré a una mujer que no se puede encontrar, con la esperanza de que, negándola, ella me demuestre que existe y vuelva a aparecer.

Tengo veintiún años. Nunca he salido de mi casa. Nunca he tenido dinero.

Pasa el tiempo y la sigo esperando. Ella no vuelve a pasar. El alma se complace en imaginar lo que no puede ver. Yo no me resigno a no ver de nuevo a Carolina Grau. Temo el regreso de mis monstruosas cabezas. El recuerdo —la esperanza de volver a ver a Carolina— aplaza a los fantasmas. ¿Es ella misma el fantasma encargado de ahuyentar a mis monstruos?

Pasan cosas. Los ruidos de la calle se repiten con una regularidad sin horarios. El silencio, en cambio, evoca la eternidad. Las estaciones se suceden, desaparecen y mueren. Un perro en mi casa le tira un hueso a un perro de la calle. Observo este acto extraño y me digo que nadie debe confesar sus desgracias porque se pierde la protección del secreto y con el secreto desaparece el amor y, a veces, hasta el simple afecto.

Ella es mi secreto. Yo soy su siervo. Sé que amo simbólicamente a Carolina Grau y que quererla, durante estos años, se convierte en el motivo de mi poesía. Escribo pensando en ella y espanto a las cuatro cabezas de mis pesadillas. Llego a creer que la cabeza que escogí y mantuve es la que me permite escribir. ¿Amar a Carolina sin volverla a ver es la condición de mi escritura? ¿Si llegase a verla de nuevo y aun a amarla físicamente, dejaría de escribir? ¿Mantendré a raya —por cierto tiempo— el renacimiento de las cabezas monstruosas? Bien sé que el mundo se burla de todo aquello que, si no se ignorase, se vería obligado a amar.

Me miro al espejo, temeroso de que reaparezcan las cuatro cabezas. Al mismo tiempo, sé que si las cabezas reaparecieran, lo sabría porque no me atrevería a mirarme. Pero la gran duda me persigue. De las cinco cabezas de mi espejo, ¿cuál es la que me dicta el poema? ¿O serán como un coro que llegó a multiplicar por cinco mi propio reflejo para que de esa asamblea de cabezas surgieran las líneas de un poema que siendo múltiple —palabras unidas como perlas— se vuelve único, insustituible?

Mi angustia es esta: el alma me pide amor, fuego y vida. Entusiasmo. Me pregunto, sabiéndolo, si el mundo me lo dará o si el mundo me lo negará advirtiéndole: no fui hecho para ti.

¿Por eso escribo? ¿Por eso soy poeta? ¿Porque el mundo no fue hecho para mí?

Me sumo a veces en el tedio, el fastidio, la molestia y sin embargo saludo a este sentimiento como algo sublime porque sé que no me satisface ningún bien mundano: ni siquiera el mundo entero. Gracias al tedio, acuso a la vida de insuficiencia y veo en ella un testimonio del tamaño y de la noble virtud de la naturaleza humana que nos permite, a diferencia de los animales, dañarnos a nosotros mismos y a nuestros semejantes.

Escribo sobre la naturaleza a partir del oído de cuanto llevo dicho —el croar de las ranas y el paso de la servidumbre, el canto de las aves, el movimiento secreto del zorro y el rumor de la tormenta que se avecina—. El grito de los ancestros.

Le escribo cartas a la ausente:

"Nunca me abandones. Que jamás se enfríe nuestro amor. Hagas lo que hagas, estés donde estés, asegúrame que vivimos el uno para el otro o por lo menos, que yo vivo para ti, que eres mi última y única esperanza. Adiós, amada mía. Pase lo que pase, fui tuyo eternamente. Te mando mil besos. Y te advierto que sin ti no puedo vivir más".

Esta carta me la devuelve un hombre. Dice llamarse Ranieri.

—Creo que esta carta me llegó por equivocación.

—No sé —balbuceo—. No sé a dónde
mando mis cartas.

—¿Cómo?

—Sí. Las envío al azar. En espera de que
las reciba...

—Vaya —ríe Ranieri—. Pues esta la recibí yo...

—...una persona...

—¡Gracias!

—¿Dónde la recibiste?

—En el hostal. Estoy de paso. La recibí
por azar. Igual como tú la mandaste.

Intimo con Ranieri. Pasa a visitarme todas las tardes y su insistente invitación es una
sola:

—Ven conmigo. Vamos al sur. Este pueblo es deprimente.

—Los Leopardi somos de aquí...

—Los poetas pertenecen al mundo, son
de todas partes.

—Mi familia...

—No les tengas miedo...

—No, miedo no, les tengo...

—Lo que sea, Leopardi. Llegó la hora de
partir. Ven conmigo. El mundo te espera. Recanati seguirá aquí, tu casa no va a volar y no te
preocupes. ¡Los camposantos no tienen alas!

No me atrevo a mirarlo. Él debe atribuirlo
a mi timidez. No es así. Miro a Ranieri y sofoco
mi sorpresa, mi admiración y mi incredulidad.

Ranieri es hombre. Pero tiene las facciones de Carolina Grau. La misma mirada

voluptuosa. El mismo gesto secreto. Esbelto, alto, con el corte de pelo masculino pero dotado de la ternura y delicadeza de la mujer.

Su presencia me roba el habla. No hace falta que yo diga nada. Él es dueño de un discurso admirable, lleno de sí, afable y elocuente a la vez.

—Te invito a Nápoles, Leopardi: ¿conoces el mar? Claro que no. No hay mar en tu mirada. ¿Conoces el sol? Claro que no. Tienes rostro lunar. Pues en Nápoles no hay un sol. Hay dos soles. Lo verás y no lo creerás.

—Dos soles —digo repitiendo un poema mío.

—Sí —continúa Ranieri—, porque la luna sólo existe como reflejo de la luz solar. Nos detendremos en Roma a saludar a mi novia. Se llama Madalena Pelzet, ¿no has oído hablar de ella?

Niego con la cabeza.

—¡Provinciano que eres, Giacomo! Madalena es actriz, *the toast of Rome*, como dicen los ingleses.

—¿Vendrá a Nápoles?

—No, su temporada aún no termina y tiene mucho éxito. Iremos tú y yo solos, compañero, ¿qué te parece?

Miro con una mezcla de melancolía y desesperanza las acciones de mi nuevo amigo Ranieri y me pregunto si esta es una broma diabólica que me devuelve a Carolina Grau con una piel prohibida a mi tacto y un sexo vedado a mi deseo. ¿Se burla el mundo de mí? ¿Se burla el mundo de todo aquello que, si no se burlase, se sentiría obligado a amar?

Mi conflicto hasta ahora ha consistido en querer simbólicamente a Carolina Grau. Simbólica, pero no gratuitamente. Me he hecho a la idea de que escribo gracias a Carolina Grau, pero no para Carolina Grau. Ella es mi pretexto, no mi texto. Ella es mi objeto, no mi sujeto. Sometidos ella y yo —ella sin saberlo, yo consciente de todo— a mi propia creación, llego a creer que me basta el amor poético para que Carolina me salve de la monstruosidad: pienso en ella y las cabezas del monstruo que palpitan en la mía bufan, se retraen. Me aferro a la memoria de la mujer no sólo para poder escribir, sino para mantener a raya a esos demonios físicos que me amenazan.

Ha sido una estrategia feliz. Sólo que ahora, la aparición del doble facial de Carolina, Ranieri, me coloca en el dilema de saber si él, mi nuevo amigo, me salvará también de los monstruos que me habitan o si, por el contrario, su amistad alejará el fantasma de Carolina Grau. ¿Se aleja ella para que se acerque él? ¿Ranieri matará a Carolina? ¿Sin el espectro de la mujer, podré seguir escribiendo? ¿Si Ranieri ocupa el lugar de Carolina en mi vida, la poesía encarnará en vez de escribirse? ¿Y no es la escritura, al cabo, una encarnación? Sí, lo es, sólo que el poema es una encarnación sin muerte y la vida, no.

Me pregunto si esto es lo que me estoy jugando al unirme a Ranieri en su viaje hacia el sur: el abandono del fantasma, el espectro, el recuerdo, la premonición, todo lo de Carolina, que se quedará rondando mi ausencia en

Recanati. No creo que su figura se desplace conmigo a las tierras del sol. Carolina Grau salió de la niebla y se perdió en la niebla. Creo que el sol la mataría. Pero, ¿cómo se mata a un fantasma?

Pienso esto y me doy cuenta del engaño en el que he vivido. Hablo del fantasma de Carolina porque para mí su recuerdo es espectral. Pero Carolina existe, es una mujer viva que yo vi con mis propios ojos, que pasó bajo mi ventana y que habitó la posada local de Recanati, tal y como se lo dijo el ventero a mi padre.

Entonces Carolina-fantasma no existe, es un producto de mi imaginación. Sólo hay la Carolina de carne y hueso y a ella no la volveré, acaso, a ver. En cambio, el fantasma me aguardará siempre, parte del legado ancestral de Recanati. El fantasma nunca me dejará, aunque la persona jamás vuelva a aparecer. Entonces la compañía de Ranieri, un hombre de carne y hueso, no un fantasma, para nada disipa el espectro de Carolina pero sustituye la presencia física de la mujer con la amistad de un hombre real.

Decido acompañarlo al sur.

En Nápoles, todo pasa en la calle. El contraste con la soledad pueblerina de Recanati no puede ser mayor. Aquí hay barberos y escribanos en las calles, las mujeres se venden y también, la pasta en calderas. Pasan mujeres descalzas y preladas ricas, soldados y marineros, carruajes con caballos emplumados, usureros sonajeando con las manos llenas de monedas de todas las naciones. Hay campanadas incesantes, gritos de las pescaderías, gritos de los ropavejeros, anguilas agitándose en las alcantarillas.

Y pastelerías. Me descubro y se lo declaro al mundo: adoro comer pasteles. Es un gusto que me desconocía a mí mismo. Devoro tortas, caramelos, pastelitos rellenos de vainilla y chocolate. Ranieri se ríe: voy a volverme gordo. Yo no río. Lo miro y me refugio en una solidaridad clandestina disfrazada de gran pastel napolitano. Mis sentidos debieron despertar en este puerto mitad árabe y mitad italiano. Por el contrario, la satisfacción los adormece y llega a aparecer una suerte de aburrimiento que acabo de asociar, simplemente, con un sublime sentimiento humano que no satisface ningún bien mundano… ni siquiera el mundo entero.

—¿Acusas a la vida de insuficiencia? —me pregunta Ranieri, sentados los dos en la calle, afuera de una heladería.

—La insuficiencia es un signo de la nobleza humana. Los mediocres no conocen el tedio.

—Los animales no lo conocen tampoco —ríe mi amigo.

Me mira de manera intrusa mientras devoro mi helado de chocolate.

—¿Sabes que te ha vuelto el color? —señala Ranieri y no me pide respuesta—. Tenías una tristeza amarillenta cuando te conocí.

Reacciono. —Pero escribía. No era negligente.

—No, la tristeza no es un vicio, sino una inquietud.

—Que te impide trabajar —insisto.

—Sólo que en medio de la monotonía —suspira él.

—Oremos —digo como un sacristán porque deseo poner a prueba el contraste que Ranieri acaba de establecer —¿hacía falta?— entre la severidad provinciana de Recanati y el carnaval mediterráneo de Nápoles.

Hoy es la fiesta de Corpus Christi en la catedral y cuando entramos cantan el *Laude de San Salvatore* que Tomás de Aquino escribió para esta misa. En la penumbra de la iglesia, el espeso humo del incensario y las voces de la laudación contrastan de inmediato mi vida anterior en la frialdad de Recanati y la actual, en la tibieza de Nápoles, preguntándome cuál es mejor, más preciada para mi poesía, esta que me llena de un placer flojo o aquella que me impartía una angustia activa. En la mirada de Ranieri sólo veo la primera: la alegría negligente del sur, el teatro, el sexo, la inmediatez. Lo veo y siento un terror súbito.

Esa noche me atrevo a mirarme al espejo.

Nunca me he visto en el espejo de este hotel en Nápoles.

¿Qué dice un espejo en el que nunca nos hemos mirado? ¿Un espejo que no puede contener imágenes de mí anteriores a mi presencia aquí y ahora?

¿Qué excusa, qué persona, qué cosa reproduce cuando nadie lo ve?

No creo lo que veo.

El espejo refleja no mi rostro, sino el de Carolina Grau.

Los labios se mueven.

La voz habla.

"Ámame, Giacomo. Necesito amor, fuego y vida. Mi alma se muere sin ti. Necesito entusiasmo. El mundo no fue hecho para mí. Lo vivo por instantes. Llego y desaparezco. Devuélveme al mundo, Leopardi. Regresa a buscarme. Estoy cansada de peregrinar de cuerpo en cuerpo, de un tiempo a otro. Ámame. Pídeme que me quede contigo".

Y añade con voz de mando y angustia: "Regresa a Recanati. Allí te espero. En tu propio espejo".

La voz y la imagen se apagan.

Entonces, detrás de mí, aparece Ranieri y se refleja en vez de Carolina. Se refleja junto a mí y dice:

—El diablo es más negro que como lo pintan.

La ciudad se llena de seres enmascarados.

Yo entiendo que debo huir de Nápoles.

Abandonar a mi amigo.

Es el carnaval.

Señor, ¿me he vuelto impalpable? Regreso a Recanati lleno de dudas, inquietud y sufrimiento. Ranieri no mostró sorpresa ni intentó disuadirme. La temporada teatral de su amante terminaba y él regresaría a Roma. Nápoles en el verano es infecto, dice.

No menos "infecto" será Recanati. Cárcel, cueva, sepulcro, ¿por qué regreso a este sótano y abandono el sol napolitano? Hay ironía y miseria en nuestras vidas. Sé que regreso porque la voz y la imagen de una mujer que no es mía me lo ordenó. Entiendo mi dolor, mi inquietud, mi sufrimiento. Mi única mujer es imaginaria: la mujer que no se encuentra. La vi una vez y me hago a la idea de que fue la única vez.

—No volveré a verla.

Eso creía, hasta que Carolina Grau se apareció en el espejo de una recámara de hotel en Nápoles y me dijo "regresa", con la promesa implícita de un reencuentro. Abandoné la presencia física de mi amigo Ranieri, tan parecido a Carolina, a favor de las voces de un espectro. ¿Por qué? Por un amor que sentí una sola vez y que siento —y siento— como la única cosa mejor que la poesía. Me convenzo de que sin ese amor no puedo obtener la grandeza poética, y creo que el amor, más que la experiencia de la felicidad, es la búsqueda de la felicidad. ¿Es sinónimo, por esto, de una libertad que jamás se alcanza, sólo se busca, y en la búsqueda se encuentra lo que jamás alcanzamos: ser libres?

Todo amor es trágico, porque la mujer que creemos poseer nunca es el objeto verdadero y final de nuestro amor. Me digo que el amor debe trascender las apariencias. Pero gracias a Carolina Grau yo sólo tengo la apariencia del amor. Y el amor no sabe si esta mujer, la única que yo deseo, volverá algún día.

De regreso a mi casa, me miro al espejo y me digo que los dioses sólo le han dado poder a la apariencia del hombre. El amor no se aparece en formas sin gracia.

Me miro al espejo y no logro convocar de vuelta la imagen de Carolina Grau. El espejo se vacía de imágenes. Empieza a reflejar mi propio rostro. Me aparto. Me doy cuenta de que tengo miedo de mí mismo.

Mi padre no me ha perdonado el abandono del hogar y de la ciudad patriarcal. Un criado se encarga de informarme que mi padre no tolera mi presencia. Ha prohibido que mis primeros libros entren a su magnífica biblioteca. Mi madre, en cambio, me acoge, aunque sólo para informarme de las malas noticias.

—Tu padre quiere que seas el último de los Leopardi. Tu fuga lo ha consternado. Él te imaginó para siempre encerrado en esta casa. Quiere asegurarse de que serás el último. Te fuiste al mundo y le rompiste la ilusión…

—¿Y tú, mamá?

—Yo sólo quiero que te mueras niño y te vayas al cielo…

—Pero ya no soy niño…

Ella irrumpe en llanto y dice, "estoy acosada por tus pecados".

Yo salgo de la recámara de mi madre con un temblor pálido en las manos y una certidumbre en el rostro: estoy cambiando.

Voy a la ventana donde un día divisé a Carolina Grau.

Sé que mi gesto es inútil.

Ella no volverá.

Ella se mostró una sola vez en la vida para que la recordase y la desease siempre. ¿Volverá, al menos, a mostrarse en el espejo? ¿Aquí, en Recanati, como lo hizo en Nápoles?

No. Lo que mi espejo revela es mi propia transformación. Una cabeza empieza a brotar del cuello al lado de la mía. Otra surge del lado contrario.

Sofoco un grito de horror.

¿Qué ha pasado? Redescubro el color de las cosas. No sabía que el fuego era blanco y las estrellas azules a medida que mueren. Me rodean en la tierra insectos en fuga. Me sobrevuelan pájaros mitológicos: Aedón, el ruiseñor que asesinó por error a su hijo y ahora canta sin cesar para lamentarse; el cisne nacido de una laguna sepulcral; la lechuza cruel de Palestina; pero también la arpía alada que ensucia los nidos del mundo… Todo se ha vuelto insólito. Nada es común y corriente. Desconozco las causas de todo. Me siento obligado a inventarlas. Sólo imagino nombrando. Sólo nombro asociando la letra a la sílaba, la sílaba a la palabra y la palabra al verso… ¡Cuánta cosa herida! ¡Cómo te veo, mi bella Carolina! ¿Por qué te acercas a mí cargada de cadenas, los cabellos al viento, sin velo pero escondiendo el rostro, de rodillas, llorando? ¿Por qué te hincas a mi lado en la tierra incansable? ¿Fuiste sueño y ahora eres esclava? ¿Dejaste de ser mujer para convertirte en tierra y llamarte Italia mía?

Ruego que mi sangre enardezca los pechos de mis compatriotas. Les advierto que serán dichosos mientras en este mundo se hable y se escriba. Eso me enseñaron Nápoles y Ranieri. Ser italiano, no sólo piamontés o lombardo. Ser mediterráneo. Vi por primera vez el mar y me entendí a mí mismo. El mar existirá aunque yo me encierre en la piedra.

Las estrellas se están cayendo al lejano mar de Nápoles pero mi amigo Ranieri se acerca a mi tumba y escucha a mi padre murmurar:

—*Chi a morti, li cavi.*

Que nuestros muertos sean mostrados.

Ranieri pone una flor en mi tumba.

Nadie se ha dado cuenta de que en mi fosa me esperan cinco cabezas mías, anhelantes de seguir conmigo en la muerte. Pero cuando mi padre ha regresado al palacio de Recanati, Ranieri se queda en el camposanto, ya solo y con las manos ardientes y heridas excava mi tumba, extrae mi cadáver fresco aún, lo deposita en una carroza, no se da cuenta de que en el camposanto de mi tierra han quedado abandonadas las otras cabezas de Leopardi porque acaso sólo aquí, enterradas, seguirán esperando al siguiente poeta italiano. No me siento, por ello, abandonado por ellas.

Ranieri arranca con cuatro caballos de regreso al sur.

—Morirás en Nápoles, Leopardi —dice con voz sofocada mi amigo—. Tu tumba no tendrá nombre. Eres poeta. Tu poesía es tu fama, tu nombre y tu verdadera tumba…

Encerrado en mi féretro, siento que todo se ha vuelto nuevo, insólito; nada es común y corriente. Yo desconozco la causa de todo. Mi imaginación se enciende. Todo lo pequeño se vuelve grande. Todo lo feo se adorna de belleza. La oscuridad se ilumina. Se suceden al mismo tiempo los sueños y los portentos, la riqueza y el vigor, la emoción y el deleite.

Ranieri me ha enterrado en la fosa común de Nápoles.

Yo espero que venga Carolina Grau, un día, a rescatarme de la muerte.

Entonces escucho la voz a mi lado en el féretro.

Salamandra

1.

Carolina Grau es una bióloga en el Centro de Ciencias Naturales en la Ciudad de México. Justifica su trabajo diciendo —y diciéndose— que la investigación la aproxima a la realidad total; quiere decir —lo piensa, no lo dice— que la ciencia la aparta de los accidentes y también de las frivolidades de la vida cotidiana. Carolina Grau está casada con un hombre de cuyo nombre no quiere acordarse. La culpa del mal matrimonio es de ella, Carolina lo admite. Dejó una casa muy basta y poco enigmática. La noche de bodas, su marido se desnudó completamente y así se acercó, encuerado, al lecho nupcial. Carolina lo miró con azoro y el azoro se convirtió en repugnancia. ¿Por qué se acercaba él de esta manera, como torero partiendo plaza? ¿Por qué se acercó con las luces prendidas? ¿Por qué no la esperó en la cama mientras ella se preparaba en el baño? Ni tiempo le dio de borrarse el maquillaje.

Él caminó hacia ella como un matador se acerca al toro, para conocerle las mañas. Carolina se sintió seca y retribuyó el desplante de su marido —exhibicionista, hueco, prueba de lo mal que se conocían— viéndolo como un simio, un mono de circo, un gorila que no necesita ropa, que se basta a sí mismo, protegido por la pelambre espesa del cuerpo, con excepción del pecho desnudo. Su marido avanzaba hacia la cama y ella lo veía erecto, de pie aunque esa no era su costumbre, su marido caminaba en cuatro patas, sólo al acercarse a ella se incorporaba. Acaso, ahora, lanzaría un gruñido, anticipando el placer sexual con la hembra.

Ella tuvo una sensación de miedo. La disipó saber que un gorila rara vez duerme dos veces en el mismo árbol. Cada día busca un lecho diferente de hojas y bambúes. ¿La gozaría su marido-gorila sólo esta noche?, ¿mañana buscaría un árbol diferente adonde trepar y dormir? ¿Y qué hacía su marido durante el día, sino lo que hace el gorila: forrajear, buscar sustento, ir de un lugar a otro inútilmente?

Carolina Grau se daba esta razón para explicar las etapas de su vida matrimonial. Primero, dejó que el gorila se acercase, exhibiendo sin pudor sus poderes. Luego dejó que la bestia la amara. Al mes de casada, pidió paz. Ella era bióloga. Necesitaba levantarse temprano y llegar al laboratorio. Él era desvelado y exigente. Se opuso a ella. Eran marido y mujer. Ella se mantuvo en su determinación. Mintió. Cambió los horarios. Dijo que debía estar en la clínica a las siete de la mañana. Los experimentos no podían retrasarse.

—¿Los insectos nunca duermen? —dijo con sarcasmo el marido.

¿Qué me separa de la vida común y corriente?, se preguntó en silencio Carolina. La respuesta la esperaba en el laboratorio. La realidad era la investigación, la vida concentrada del trabajo. Lo demás era, acaso, una distracción, la feria de la vida, pero no la vida misma. Ésta, la existencia, la aguardaba en el laboratorio. Dedicada al trabajo, Carolina acabó por sentir repugnancia hacia la vida doméstica, alargando los horarios en el laboratorio, saliendo cuando su marido aún dormía, rgresando, fatigada, a la cama cada noche.

—Perdóname. Estoy muy cansada.

—Te vas a morir. Puedes descansar toda la eternidad.

—Aunque no lo creas, todavía soy joven.

—¿Qué? ¿Te doy trato de vieja?

—Viejas sobran —contestaba Carolina, sabiendo que en México los hombres se refieren a todas las mujeres, sobre todo a las jóvenes y deseables, como "las viejas": Qué buena está esa vieja. Qué vieja más cabrona. Vámonos de viejas.

—Te vas a morir —insistía el marido.

—Todavía no —respondía ella, tratando de sonreír.

Una noche, tocó las manos del hombre y le repugnaron. Eran manos secas. Carolina sintió que perdía sus emociones.

Quiere atormentarme, se decía Carolina, atormentarme con la idea de la muerte para que ceda a sus requiebros malditos.

Se respondió a sí misma con dos ideas.

La primera, que su marido era el único hombre que quedaba sobre la Tierra, y que ese hombre no le agradaba a ella.

La segunda, que ella era joven y necesitaba una emoción comparable al amor que excluyera el amor de su marido.

Se abrió a la sensación de su trabajo. Dejó de verlo como rutina, obligación e incluso placer. Trabajar era resignación. Si su marido la veía como un insecto, ella vería un insecto como su marido.

Esta idea primero la alarmó. Amar a un insecto, ¿estaba prohibido por la naturaleza, por la moral, por Dios? ¿O era algo tan natural y sencillo como el amor de San Francisco por los animales?

Le repugnaba la idea de amar a un animal como ella, mamífero, con sangre en las venas. En cambio, le fue ganando la atracción del insecto y decidió estudiarlos en el laboratorio, donde toda clase de bichos estaban a la orden de los investigadores. Acabó por desconcertarla la abundancia de clases y formas, termitas escondidas de la luz para proteger sus cuerpos blandos y desamparados, necesitados de contacto con la humedad de la tierra; bichos reproducidos por partenogénesis, en ausencia del macho inexistente; y en contraste, la libélula, la mosca dragón de ojos saltones y alas que le permiten volar más alto, predatoria y veloz: hay que alejarla porque la libélula puede coser los ojos, las orejas y la boca de un niño dormido. Y en pareja, las moscas dragón pueden unirse sexualmente mientras vuelan y cuando viven en el agua, se llaman náyades. Esto irritó a Carolina porque el nombre —náyade— la trasladaba abruptamente del mundo natural al mundo mitológico, donde Náyade es una de las cincuenta hijas del gemelo Dánao, hijo de Neptuno y Lilia, y la mujer de ciencia, disciplinada y severa, regresó sin sentimientos a los piojos, los parásitos sin alas, mordelones, mascadores, transmisores de enfermedades: lejos de todo mito.

Esto aumentó su desesperación creciente, aunque ella disfrazase el sentimiento de desesperación con una suerte de fatiga profesional. Se ocupaba de insectos. No eran más que insectos. No le aportaban amor. No le debían importar.

Mas su disciplina científica chocó con su ansia sensual. ¿Cómo hacerse amante de una pulga? ¿Cómo desear a un piojo? ¿Cómo dirigirse a una libélula? ¿Y cómo, sobre todo, defender la pulsión erótica de la voracidad de las ratas, topos y musarañas, el ejército de insectívoros que —lo comprobó al exponer a una mariposa capturada al hambre de un topo suelto— devorarían en un instante a una mínima profusia o a un coleóptero mayor?

Las escogió. Las perdió. Buscó nuevo amante.

El suyo —su marido— le ofreció la solución.

Aprovechó un día de descanso —el año nuevo, obligatorio, imposible alegar "el trabajo", el hombre estaba dispuesto para colarse a la cama de Carolina, con ojos de animal rencoroso, desnudo, y acercar la boca al oído de la mujer para susurrarle con tono de insidia:

—Voy a decirte el nombre de tu insecto, cabrona.

Carolina primero se escondió bajo las sábanas. El marido insistía, debajo de las sábanas también.

—El nombre de tu insecto, cabrona.

Ella gritó, apartó las sábanas, saltó de la cama, se hincó a rezar. Su marido era el demonio.

Con la nuca clavada, este ser maldito le dijo en voz muy baja a Carolina:

—Salamandra.

Ella no sabía si lo escuchó o si creyó escucharlo, hincada, rezando, pospuesto su hábito de disciplina y secularidad científicas, rezando sólo para hacer lo que nunca hacía, recordar a su familia, preguntar por qué se había casado con este hombre sólo para salir de su casa y conquistar una libertad inexistente, nunca libre del sofoco familiar. Creyó que el binomio ciencia-matrimonio, laboratorio-lecho le daría una vida plena, lejos de la estrechez sin imaginación de su casa clasemediera, intolerante, dispuesta a vivir sin vida para llegar a una muerte más viva que la vida. Los odió. Se casó. El binomio deseado no se dio. Su marido era peor que su familia. Sólo le quedaba el laboratorio.

Y el laboratorio, ¿no era entonces sino el refugio contra la familia y el esposo? Carolina Grau se rebeló contra esta idea. Ella quería que su trabajo, y el lugar de su trabajo, fuesen su universo real, autosuficiente. Sólo que aun aquí, la ciencia le negaba la soledad y la obligaba al contacto con piojos y mariposas.

¿Había algo más, un contacto con la vida no humana que le humanizase sin tener que regresar al lecho del marido y mucho menos, a la tiranía de los padres? ¿Algo abstracto?

—Salamandra. —¿Salamandra?
—*Salamandra.*

¿Lo dijo él o lo imaginó ella?

¿De dónde lo sacaría su esposo: un hombre directo, rudo, escogido por Carolina porque la salvó del hogar familiar, porque parecía un individuo independiente, un hombre que jamás iría a comidas dominicales o a santos o a navidades y fiestas… y era su macho autosuficiente? ¿Dijo "Salamandra"? ¿O ella lo imaginó? ¿Ella quiso oír "Salamandra" para salvarse de familia, marido y laboratorio? Salamandra era el nombre salvador, mágico, de un anfibio que salía y entraba al agua, un urodelo de piel suave y húmeda, lo contrario de su seco cónyuge, un anfibio de glándulas hedónicas que estimulan el sexo, lo contrario del marido, aquí estaba. ¿Por qué los contrastaba? ¿Dónde estaba la salamandra?

Aquí estaba en el acuario. Mirándola con cara de hombre. Negra y manchada de amarillo. Con cuatro patas. Piel húmeda. Cuerpo afilado. Mirada de hombre.

¿Por cuánto tiempo?

Carolina sintió un sobresalto del alma mirando a la salamandra que la miraba a ella y ella sabía que la forma actual del anfibio era pasajera, que muy pronto perdería las agallas, las aperturas de su cuerpo se cerrarían, aparecería una lengua larga, le crecerían los ojos y la boca, los párpados caerían sobre la mirada y la piel cambiaría.

Sucedió entonces lo maravilloso.

Mirando a Carolina como ella miraba a la salamandra, ésta desde el otro lado del cristal, desde el arrullo silencioso del agua, dijo una palabra. Carolina no entendió. El asombro la confundió. Puso atención, segura de que la salamandra, del otro lado del vidrio, volvería a hablar. Pero el anfibio guardó silencio y se desplazó hacia su propia vida nocturna.

Carolina regresó. La salamandra la ignoró varias veces. Carolina se empeñó en mirarla y al hacerlo, volvió a pensar que la forma actual de la salamandra era pasajera, que tarde o temprano perdería las agallas, la piel le cambiaría, la lengua le crecería y dentro del acuario la salamandra se iría muriendo, ya que no podría crecer encerrada en este sitio artificial, este ghetto aséptico.

Fue cuando Carolina pensó: —Yo te voy a liberar, yo te voy a permitir que crezcas y te transformes.

Como si la escuchase, la salamandra se detuvo y regresó a mirar con sus ojos de hombre a Carolina Grau.

Volvió a hablar.

Carolina puso atención a la boca, a los dientes, a los grandes ojos de la salamandra.

Mande… Manto…Va… Ve… Manto-ve… Manto-va… Ve… Ve…

2.

Carolina Grau voló en Alitalia de la ciudad de México a Cancún y de Quintana Roo a Milán. Durante el largo cruce del Atlántico se repitió a sí misma el evangelio científico. No deseaba caer en un gigantesco engaño místico o fantástico. Italo Calvino había escrito que una cosa era la visión y otra la fantasía y Carolina Grau deseaba creer que todo lo que hacía lo hacía en nombre de una visión del mundo. La fantasía es un juego que le da la espalda a la naturaleza. La visión es una posibilidad real de la ciencia: nos permite imaginar lo que puede ser hoy y lo que quizás no puede ser hoy pero mañana, sí…

Ella hacía equilibrar la locura de su viaje trasatlántico con una suerte de flema científica. Se adormiló recordando que la salamandra es simplemente una *urodela caudata* que vive un ciclo vital como cualquier otro. El macho coloca los fluidos de la reproducción en el suelo. La salamandra fémina se mueve y absorbe la espuma espesa con el cuerpo. Se retira a una charca, a un riachuelo, a un bajío, a un tronco podrido, y allí acompaña a sus huevos hasta que incuban. Esto puede tardar poco o mucho. Pero una vez que son concebidos, la salamandra inicia su propia transformación. Cambia, crece, adquiere su propia sexualidad. ¿Llegará a ser hombre? Carolina se detiene aquí y prefería recordar que muchas salamandras siguen como larvas toda su vida… Pero la visión de la transformación en ser humano regresaba a la cabeza adormilada de la mujer y la mujer insistía en registrar, en sueños, la veracidad de una piel suave y húmeda, una dermis gruesa, unos mocos venenosos, unos cartílagos osificados, unos dientes que retienen a la presa, sin morderla, hasta que la presa muere…

Entonces Carolina Grau despertaba sin saber dónde estaba. La realidad del avión —la cabina, las cafeteras, las señales luminosas, las revistas insertas en la babucha—. Despertaba y miraba por la ventanilla a la noche oceánica y allí, en la oscuridad, desde la nada, unos grandes ojos la miraban y ella cerraba los suyos y no los volvía a abrir, diciéndose a sí misma:

—La ciega soy yo, no la salamandra.

Su espíritu se debatía entre la ciencia y la imaginación. La ciencia le decía que todo ser vivo *cambia*. Todo ser vivo *se regenera*, unos más visiblemente que otros. El ciervo tiene el ritmo de regeneración más rápido. Una cornamenta perdida vuelve a crecer en la cabeza del animal a razón de dos centímetros diarios. Las células inmaduras reciben orden del sitio herido y se disponen a recrear la parte que falta, recreando —se repite Carolina— el programa genético que forma por primera vez al animal. En el ser humano, el hígado es el órgano más abierto a la regeneración. En cirugía, el hígado puede perder tres cuartas partes de su masa. La recupera en un par de semanas. ¿Por qué sólo el hígado, entre todos nuestros órganos, se regenera a sí mismo, como las uñas, pero un ojo perdido no?

—Porque es el órgano más dañado —se repite la lección Carolina Grau volando a cuarenta mil pies sobre el Atlántico—. Porque es el más dañado. El más dañado. El más…

Dormía y despertaba sin horarios.

Recurría a lo pasado aplicándolo al objeto de su viaje: la orden de la salamandra, ve, ve a Mantova, ve, ve… Sólo que la salamandra regenera las partes dañadas del cuerpo.

Soñaba esto y saltaba al ser fabuloso: la salamandra de las crónicas, la salamandra que permitió a las tres carabelas cruzar este mismo océano, sólo que en dirección opuesta, de este a oeste, en busca de la fama, el oro y la maravilla, sin la cual cualquier reputación valiera poco.

Soñó con tortugas de caparazón tan grande que podían cubrir una casa; playas de perlas negras, leonadas y vacías; mares del peje vihuela, capaz de hundir con su fortísimo cuerpo a un navío; costas iluminadas por el cocuyo; noches oscurecidas por la iguana que se desplaza con lentitud por el fondo de las lagunas; y en el centro de la escena, huyendo de la vista, ajena al tacto, helada aunque ardiendo en sí misma, la salamandra que nos reta con su ardiente frío... ¿El descubrimiento de América o la invención de América? Carolina imaginó, transportándose al pasado pero nacida en el presente, la necesidad del ser humano; no sólo conquistar las cosas, sino descubrirlas y no sólo descubrirlas, sino inventarlas... Soñó en el aire.

3.

Mantua —Mantova— se encuentra en una llanura sinuosa vencida por el sol y el agua. Dos ríos se juntan aquí, dándole a la ciudad la apariencia de una isla reservada para los monumentos que responden a la naturaleza con la piedra de castillos, teatros, basílicas, palacios, museos, de la Plaza de Virgilio en el norte a la Piazza delle Erbe y la Basílica de San Andrés en el centro al Palazzo Té en el sur.

Como una turista más, Carolina Grau visitó el Palacio Ducal, que en verdad era una ciudad entera, ciudad dentro de la ciudad, construido por los Gonzaga para mirar mejor al lago, a los jardines flotantes y a los campanarios. Mantua se mira a sí misma desde el Palacio Ducal porque teme perderse para siempre en el laberinto de un jardín secreto en el que las figuras pintadas se mueven en obediencia a la mirada y al propio movimiento del espectador.

Carolina Grau se sintió *mirada*, se moviese donde se moviese, y al levantar los ojos para ver el cielo, otro laberinto la extravió, devolviéndola al misterio de las carrozas de la luna y el sol, cambiando de dirección el cielo, las carrozas, las figuras: Carolina se sintió perdida, agredida, observada por una especie con ojos que no le permiten un solo momento de soledad y de secreto en el "palacio del lúcido engaño".

Ella quería retrasar la orden de la salamandra. Se detuvo en la Catedral de San Pietro y buscó un enigma —para eso había viajado hasta aquí— en la cúpula y su diseño abstracto. Fue a la co-catedral de San Andrés donde se encuentra la reliquia de la "preciosa sangre" de Jesús, gracias a la posesión de la cual (¿cómo llegó hasta aquí?) Mantua fue elevada de simple aldea a ciudad cuasi-sagrada, "hija de la reliquia".

Todo para retrasar la llegada al Palazzo Té. Todo para no dejarse sorprender por la mirada de nadie si es que algo iba a encontrar allí, dado que no encontró nada sino la belleza en el Palacio Ducal, en San Pietro y en San Andrés.

Sólo porque era primordial ese sitio, siguió hasta el Palacio, guiada por el simple razonamiento de la excursión —no hay nada más sorprendente que la belleza— y, habiendo eliminado palacios y catedrales y co-catedrales, le quedaba ahora reservado un solo lugar —el Palacio Té—, y si aquí nada le decía algo, su viaje habría sido en balde, la expedición de una turista más, como hasta ese momento se sentía y como lo demuestran las líneas que aquí quedan.

El Palacio Té. En el extremo sur de la ciudad —la frontera de Mantua dando la cara al ruido de las carreteras que llevan a Módena y Reggio Emilo, pero también a Padua y a Ferrara—, se detuvo ante la fachada clásica. Al entrar, Carolina se encontró perdida, absorbida, aplastada por el espacio que representaba: ¿era un espacio?

O era un universo encerrado entre paredes interminables, muros que no cerraban, sino que abrían otros espacios en el espacio, más allá del espacio, para el espacio, pero también contra el espacio. Se recordó a sí misma volando sobre el Atlántico, ahora sintió que el avión y el cielo estaban limitados por sí mismos, y en cambio en esta cámara del Palazzo Té el espacio se expandía como una vasta pregunta: ¿Fuimos creados?, ¿necesitamos de una extensión?, ¿evolucionamos?, ¿quién y cuándo nos dio y obtuvimos la vida?, ¿el universo es infinito, no tiene principio ni fin?

Estas, sobre todo la última, eran las preguntas que Carolina Grau no se había hecho volando a miles de metros de altura sobre el océano, ahora la infinitud real la ahogaba en esta sala del Palazzo Té, donde el continente de las cosas se expandía y se fundía en un recinto sin embargo, la razón le decía a Carolina, reducido.

Y no. Los gigantes que vivían en esta sala *miraban*. Miraban al cielo. Miraban al tiempo. Miraban a Carolina. Este era el emblema del Palacio: aquí todo miraba, todo se miraba a sí mismo mirando al espectador. Al intruso. ¿Porque era ella, Carolina Grau, algo más que una extraña en el mundo al cual acababa de entrar, una turista sin derecho a introducirse en una realidad que no era la suya y sin embargo era la más íntima de sus existencias, porque las figuras agobiadas, espantadas, de la Sala de los Gigantes le miraban para incluirla en una ceremonia final, la fiesta del apocalipsis, el fin del mundo a donde dirigían las miradas de espanto, entre colinas caídas y techos arruinados y suelos quebrados, los hombres del fin que le miraban invitándola a unirse a ellos, a aceptar el regreso al caos del origen, la pérdida de todo lo hecho, el derrumbe de los palacios y las catedrales, la ruina absoluta de las plazas y las calles, la negativa a responder a las grandes preguntas —¿de dónde, hacia dónde?— por la inmediatez de la catástrofe y la premura de la muerte.

Sintió todo esto. Temió unirse a las figuras del terror y perderse en un espacio sin fin.

Entonces dejó de mirar a los rostros aterrados y se preguntó: tenían miedo ¿por qué? ¿a dónde miran? Tienen miedo de perderse en algo sin nombre, ni principio ni fin, pero ¿a dónde dirigen esas miradas de espanto?

Este fue el momento en que Carolina, al fin, levantó la mirada y contempló la cúpula de la sala.

Salamandras. Docenas de salamandras volaban por la cúpula. Ella creyó por un momento que no eran reales, hermanas de la salamandra expuesta en el acuario de la ciudad de México. Sólo que a estas salamandras multiplicadas ella no podía estudiarles un sistema olfativo complejo ni un corazón sencillo, ni estaban dotadas con glándulas hedónicas para estimularse el sexo. No eran arañas que regeneran una pierna perdida. No eran pepinos marinos que, cortados en pedazos, se convierte cada pedazo en una nueva criatura. Eran salamandras, salamandras pintadas en la cúpula de un palacio mantuano. Salamandras que la habían convocado hasta aquí con un solo motivo.

¿Convencerla de que la salamandra no era ni un insecto de piel lisa y cola negra y manchas amarillas, ni una hembra regada de esperma por un macho en lagunas escondidas, ni condenada a ser larva para siempre, o tomarse una década para alcanzar la sexualidad? Estas salamandras no eran las que descubrieron en sus viajes Fernández de Oviedo y Cristóbal Colón y todos los cronistas que no viajaron a las Indias, porque las Indias llegaron *a ellos*.

Las salamandras de Mantua no perdían sus agallas ni cerraban sus aperturas, ni cambiaban de esqueleto y musculatura, ni cambiaban de lengua, ni les crecen las bocas ni los párpados les cubren los ojos, ni transformaban sus propias calaveras.

Las salamandras eran una obra de arte. Decoraban el Palacio Té en Mantua desde siempre o para siempre. De aquí no se moverían más. Quien quisiera verlas debe viajar hasta aquí. Pronto. Rápido, porque las salamandras que la miraban desde la Sala de los Gigantes no querían que sólo las salamandras se escapasen —a la vez mito y biología— a la catástrofe de todas las cosas.

Carolina Grau entendió. Cerró los ojos y salió de la sala al sol.

4.

—¿Qué ha pasado? —le preguntó Carolina a su marido cuando regresó al apartamento en la Ciudad de México.

Él no le contestó.

Ella lo vio desnudo, como siempre, en la recámara e imaginó que podemos ver como monstruos a los que no son como nosotros, pero el precio es ser vistos, también, como monstruos por ellos. Ella tuvo la tentación, en Mantua, de unirse a la salamandra, de formar parte de la tribu, de olvidar que era un ser humano. ¿Qué la devolvió a México, a su casa, a su marido? Sólo una cosa: saber si él la miraba ahora como una mujer distinta. Si él se daba cuenta de que ella, Carolina Grau, había cambiado. Si él imaginaba siquiera que su mujer podía pasar por una viajera desconocida vista por un poeta desde la ventana de una casa en Recanati, o la sirviente de una pareja de ancianos en una aldea alpina; o una mujer indígena perdida entre una selva y una pirámide; o una madre cuyo hijo crece hasta convertirse en esto: el marido indeseable que ni siquiera la mira cuando regresa, como si ella fuese una extraña, como si ella no pudiese ser otra, ni siquiera ella misma, sino una mujer perdida en una fotografía acompañada del hijo que no tuvo o la mujer recordada por un prisionero que sólo quiere escapar de la cárcel para volverla a ver en una isla olvidada.

¿Todo esto? ¿Nada de esto?

—No preciso dañar a este hombre. Pero, ¿y si este hombre me daña a mí? ¿Qué haré entonces?

Y pensó que nadie se va del mundo sin dejar, al menos, una víctima.

Sólo que el marido ni la miraba ni la escuchaba. Estaba matando cucarachas. Docenas y docenas de insectos de la noche que caminan despreocupados mientras él los mataba a pisotones, hasta darse cuenta de la presencia de Carolina.

—No sé por dónde se cuelan tantos bichos.

El arquitecto del Castillo de If

Un recuerdo para Roberto Torreti,
en Chile

1.

—Una cárcel no tiene por qué ser fea —le dijo el jefe de la oficina de prisiones de Francia.

Cayo Morante lo escuchó sin decir palabra. Quería entender adónde iba el jefe.

—Los arquitectos de las cárceles creen que la fealdad del edificio aumenta la pena del prisionero. La arquitectura de la cárcel debe subrayar el sentimiento de castigo y culpa. ¿Ve usted?

Por cortesía, Cayo inclinó la cabeza como si entendiese las razones del jefe de la oficina.

—Usted, arquitecto Morante, es famoso por la belleza de sus construcciones.

Cayo inclinó de nuevo la cabeza, como quien da las gracias.

El jefe procedió a enumerar los grandes edificios, tumbas, templos que Cayo había levantado en todos los continentes. Recordó cosas que el propio arquitecto, siempre empeñoso en abrirse nuevos horizontes como creador, había olvidado.

—Sus casas de ventanas anchas, sin vitrales ni tracerías. Puro cristal, arquitecto. Casas de puro vidrio, expuestas al aire…

Cayo no supo si adoptar una postura de modestia. Quiso bajar la cabeza oyendo estos elogios. No pudo.

—Sus *tempietti*, Cayo, sus medallones ovalados, sus columnas salomónicas…

—Meras máquinas —se atrevió Cayo.

—¡Ah! —exclamó el jefe, casi incorporándose desde su silla oficial, aunque su baja estatura lo hacía verse más pequeño de pie que sentado—. ¡Ah! ¡Meras máquinas! ¡No! ¡Clavecines oculares! ¡Prismas de colores! ¡La belleza esencial!

Cayo abandonó toda pretensión de humildad. La exaltación del pequeño burócrata permitía al arquitecto ubicarse en el terreno de la excelencia profesional. Ni más arriba, ni más abajo.

—No es difícil. Me entregan malos grabados. No es difícil superarlos. Recibo meros bocetos, ¿sabe? Me obligan a imaginar por mi cuenta…

Estas palabras excitaron al jefe de la oficina.

—¿Y cuando no hay bocetos?

—Pienso en la persona a la que dedicaré mis obras…

El oficinista lo miró como un cura confesor sin cortina de separación.

—¿La persona, arquitecto?

—Los espejos.

—¿Perdón…?

—Pienso en los reflejos de una obra, los destellos que puede emitir una tumba, una fachada, una…

—¿Una cárcel? —se apresuró el burócrata.

—¿Por qué no? —casi suspiró Cayo, cuya verdadera preocupación consistía en mantener secreta la devoción de su obra a una sola persona, la mujer que lo movía a ser, hacer, construir, sólo para ella, para impresionarla no, sólo para decirle de manera sólida, visible, palpable:

—Te amo, Carolina Grau.

2.

Cerró con premura el trato. Cayo Morante sería el arquitecto —el renovador— de la infame prisión del Castillo de If, infame pero famosa gracias a la novela de Alejandro Dumas, *El conde de Montecristo*, publicada entre 1844 y 1846, en una edición de Petion y Baudry que hoy no se encuentra.

Este hecho suscitó el interés de Cayo: la edición original de *Montecristo* ha desaparecido. ¿Qué decía esa primera publicación? ¿Por qué se evaporaron sus páginas? ¿Quién nos asegura que la siguiente edición era idéntica a la primera? ¿Por qué las primeras ediciones escriben el nombre "Monte-Christo" y por qué, si no se conoce la primera versión de Monte-Christo, se conoce de sobra la noticia de la cual nace la novela que conocemos? Es esta y es una pregunta.

¿Quién era François Picaud? ¿Un joven zapatero a punto de casarse con una rica heredera llamada Marguerite Vigouroux y denunciado por su rival en amores, Mathieu Loupain, un agente secreto de Luis XVIII? Encerrado en el Castillo de Fenestrelle durante siete años, Picaud jura vengarse al salir de la cárcel, se disfraza de cura italiano y procede con método a asesinar a los cómplices y al hijo de Loupain, hasta que una noche, en las Tullerías, Picaud, enmascarado, clava un puñal en el corazón de Loupain, el autor de sus desgracias. Picaud huye a Londres y confiesa sus crímenes en el lecho de la muerte.

¿De dónde obtuvo Picaud información y fortuna para llevar a cabo su venganza?

Encerrado varios días en la Biblioteca Nacional, antes de iniciar la remodelación del Castillo de If, Cayo Morante se enteró, leyendo las viejas crónicas del crimen, de que en la cárcel de Fenestrelle había otro prisionero, un abate italiano que antes de morir le legó a Picaud un tesoro enterrado en un añoso patio de Milán. El abate le daba esta noticia a todos los prisioneros de Fenestrelle. Nadie le creía. Salvo Picaud, quien al ser liberado, siguió las instrucciones del abate y desenterró el tesoro guardado en las entrañas de un palacio de la Vía Cappuccio.

Cayo leyó esas viejas noticias, pero en su ánimo escéptico permanecían demasiados misterios irresueltos. Demasiada "nota roja" e insuficiente "verdad". Faltaba, se repetía, la primera edición de Monte-Christo. ¿Qué había escrito Dumas en esas páginas perdidas? ¿Había, acaso, contado al revés la novela que conocemos? ¿Habría escapado el abate, engañando a Picaud —a Dantés— y abandonándolo a vivir —muriendo— o a morir —viviendo— en la cárcel? ¿Pensó

Dumas que esta historia era menos interesante que la del vengador Picaud, dándole a Dantés el papel de ángel exterminador?

De ser cierto que fue el abate quien escapó, arrojado al mar desde los contrafuertes del Castillo de If, Dumas no hubiese escrito *El conde de Montecristo*, porque el abate no escaparía para vengarse. Al abate sólo le interesaba recuperar el tesoro escondido en un patio de la Vía Cappuccio en Milán. Si alguna voluntad de venganza tuviese, esta sería, vagamente, contra un monarca fallecido, Luis XVIII, que lo mandó a la cárcel.

Pues si el abate no tenía de quién vengarse, su historia novelesca carecía de interés.

En cambio —imagina el arquitecto a la pesquisa de viejas noticias en la Biblioteca Nacional—, si el abate escapa para recuperar el tesoro a fin de conquistar a una mujer... entonces nace una novela distinta. Una novela que no fue escrita. Porque nadie sabe quién podía ser la mujer amada por el abate.

"Dantés y el abate Faría son personajes imaginarios", advierte Dumas.

¿De verdad? ¿No es este el engaño supremo del novelista, disfrazado con gran astucia cuando Dumas publica, junto con *El conde de Montecristo*, una noticia criminal semejante a la trama de Montecristo: la nota sobre la venganza de Picaud?

¿De verdad? ¿No admite Dumas que el modelo real de Dantés es Picaud? Y si Dantés es modelado por un ser real, Picaud, ¿por qué no habría de serlo también su mentor, el abate Faría?

Morante se convenció de que si Dantés tenía una biografía paralela en Picaud, el abate Faría correspondería también a un modelo de la vida real.

No tuvo que hurgar demasiado el curioso arquitecto para dar con la noticia de un abate portugués llamado José Custodi de Farina, ordenado en Roma, profesor de filosofía, conferenciante en París, donde ofrece un curso sobre "el sueño lúcido".

"El sueño lúcido"… Chateaubriand menciona a Farina —convertido en Faría— en sus *Memorias de ultratumba*, sólo para burlarse de los poderes magnéticos del religioso. Faría se refugia, como en una fe, en su conocimiento de Mesmer y Swedenborg, en el hipnotismo y en la relación entre lo humano y lo divino, y proclama una "doctrina de la sugestión", objeto de sátiras y burlas de caricaturistas y comediantes. Se le acusa, además, de vivir en concubinato con una mujer, de faltar a sus votos eclesiásticos.

¿Cómo se llamaba esa hembra?

¿Quién la conoció?

Todo eso averiguó, en bibliotecas y archivos, el arquitecto Cayo Morante, quien no iniciaba una obra sin conocer la historia que la rodeaba.

Sólo quedaba un misterio.

¿Quién era —de haber existido— la mujer por la que el abate Faría se escapó de la cárcel —de haber sido él quien se fugó?

¿Cómo se llamaba la mujer?

¿No eran, en todo caso, temas estos para un folletín de Alejandro Dumas y su fábrica de novelas? ¿Por qué prefirió el novelista convertir al zapatero Picaud en el marinero Dantés para asegurarse CXIII capítulos de emoción narrativa, publicados a lo largo de dos años, en revistas y a partir de 1846 en ediciones formales? Además, Dumas hace que se incluya el texto de Pecuchet, *El diamante y la venganza*, extraído de los archivos de la policía francesa. ¿Por qué revela Dumas el origen verídico de su invención novelesca? Acaso —piensa Cayo— para distraer la atención de la verdad verdadera. No la "verdad" de un *fait-divers* de la crónica policial (el caso de Picaud-Loupain), sino la verdad del abate enamorado, italiano, cruel, que se sirve de un prisionero ignorante (Picaud-Dantés) para educarlo, hacerle creer que puede escapar y regresar (como Dantés, como Picaud) y vengarse de quienes lo traicionaron.

En vez, el abate sólo quiere escapar de la cárcel de Fenestrelle-If para recuperar su tesoro, predicar doctrinas esotéricas y… ¿reunirse con una amante desconocida? Reunirse con su amante. Fin de la historia.

A menos que…

¿Cómo se llamaba la mujer por la que el abate quiso escapar de la prisión? Esta pregunta desvelaba a Cayo.

Y más: ¿había una novela —otra novela— en la historia del abate y su amada?

De ser así, ¿por qué la silenció Dumas? ¿Por qué prefirió a Picaud-Dantés?

Y otra cosa, ¿era el abate el anciano que describe Dumas? ¿O era, por el contrario, un joven y seductor religioso, adepto, como tantos prelados de Italia, a unir devoción y placer, a entregarse a la carne sin abandonar —más bien, acrecentando— el placer?

3.

De suerte que hoy, ante el pequeño jefe de la oficina de prisiones, Cayo Morante aceptó el encargo porque tenía un proyecto, vinculado a toda la información —Dumas, Edmundo Dantés y el abate Faría, Picaud y Loupain, otra vez Faría, la probable amante de este— que había ido reconociendo mientras pensaba:

—¿Qué voy a hacer en el Castillo de If?

Y se contestaba accediendo a la súplica de la autoridad.

—Haga de If un lugar atractivo. Suprima la vieja imagen de una oscura y opresiva prisión. Piense, arquitecto, en una prisión bella, moderna, en la que el encarcelado se sienta más encarcelado porque la cárcel le priva de la belleza del mundo…

—¿Se da cuenta? —el jefe de la oficina, en un acto no premeditado aunque revelador de su psique, se subió a la silla y desde una altura superior entonces a la del arquitecto, exclamó: —No es encerrando al culpable en una cárcel inmunda como se le castiga, señor arquitecto…

Sin darle oportunidad a Cayo de contestar, el jefe miró al techo como si quisiera ganar más centímetros: —Hay que encerrarlo en una prisión bellísima que torture al preso señalándole todo lo que perdió.

Desde lo alto, le habló con autoridad:

—Por eso lo escogí, señor arquitecto. Usted construye con luz, ventanas anchas. Puro cristal, arquitecto.

Y saltó de la silla como para indicar que su autoridad no dependía de la estatura, sino de un nombramiento del Estado.

—Convierta al Castillo de If en un palacio de bellezas que martiricen a los prisioneros privados de ellas... ¿Me entiende?

4.

El arquitecto no estaba seguro de entender al burócrata. La fama de Cayo Morante se debía a que, en lugar de favorecer la moda del día, en sus construcciones privilegiaba todos los estilos, pasados o presentes, que su imaginación y su proyecto, unidos, le sugerían. Es decir, él no supeditaba su imaginación a la moda y a su proyecto le daba un vuelo que apelaba a la imaginación.

Si otros constructores renegaban del pasado y a veces sólo levantaban obras destinadas a perecer en tres o cuatro décadas, Cayo Morante denunciaba semejante chapuza y construía con vocación, si no de eternidad, sí de permanencia. Se le acusó de reaccionario, retardatario y enemigo de la profesión.

—¿Enemigo?

—Si su edificio dura más de cuarenta años, traiciona usted a los arquitectos, los ingenieros y hasta a los obreros. No somos albañiles de la eternidad, señor Morante. Estamos en el mundo.

Así que Cayo se liberó de toda constricción de actualidad y lo mismo abordó arquitectura colectiva e individual, funeraria y gubernamental, religiosa y recreativa. Sólo que a cada función determinada por un contrato, Cayo le daba una belleza inesperada para quienes lo contrataban.

Donde se esperaba un muro, Cayo abría un ventanal. Los interiores de iglesias se volvieron visibles, en tanto que las oficinas ejecutivas se hicieron oscuras.

—¿Por qué me encierra en estas tinieblas, arquitecto?

—Para que nadie se entere de lo que hace.

—¿Es una broma?

—Intente hacer a la luz sus negocios.

—No tengo nada que ocultar.

—En ese caso la luz lo arruinará.

—Quizás…

Piedra y ladrillo, madera y concreto, acero… Cayo empleó todos los materiales, sólo que en sitios inesperados, con funciones tan naturales que se habían olvidado. Universidades catedralicias, para pensar alto, aspirar mucho, trascender un poco. Iglesias de vidrio, que nada escondían y daban entrada, en vez de aislarla, a la calle y a los fieles e infieles. Bibliotecas como sepulturas, donde un aislamiento perfecto permitía leer sin ninguna distracción, el estudio como ofrenda de la máxima intimidad. Salas de conferencias largas y estrechas, para que el orador no se imaginase que hablar en público era una pretensión de intimidad sino un ejercicio de distancia, en el que la voz debía exponerse con su razón y la actuación del orador perderse en la lejanía… Salas de conciertos con niveles auditivos diferenciados, admitiendo que la sonoridad de una orquesta no es indiferenciada y única, sino que llega a niveles auditivos muy diferentes en auditorios que Cayo despojó de uniformidad y bendijo de diversidad.

Funciones perturbadoras. Iglesias como casas. Casas como domos celestes (una provocación para restarle al domo la simbología del poder: nadie lo entendió; Cayo dijo: *je m'en fous…*). Decorados concebidos para facilitar la vida convertidos en símbolos que la ahuyentaran: Cayo insistió en devolverle al símbolo su ubicación histórica a fin de obligar al arquitecto a imaginar otros estilos. Ningún partenón disfrazando a un banco. Ninguna portada gótica para un edificio de apartamentos. Ningún engaño renacentista a la entrada de una oficina de gobierno.

—¿Entonces qué, Cayo?

—Inventa.

Y cuando Cayo Morante decía "inventa", lo decía a partir de una asociación de trabajo intensa, personal y afectiva con los trabajadores, a los que comunicaba un sentido de misión fraternal y de respeto, en cada proyecto, hacia el espacio que no sólo es ocupación del aire, sino respeto al aire ocupado: que se sienta, que se vea, somos ocupadores del espacio.

—¿Y el tiempo?

—Es el movimiento de la arquitectura.

Todo este arte de Cayo Morante requería, por lo dicho, espacios abiertos por el vidrio y espacios escondidos en la sombra. El Castillo de If reunía ambas exigencias. Sombra en las celdas y luz en el exterior.

—Que el prisionero sienta que fuera de la prisión hay luz, hay belleza —dijo el pequeño funcionario.

Cayo propuso dos diseños complementarios. Las celdas —el interior— serían esas sombras como una gruta del Piranesi, sin perspectiva, con huecos inexistentes, con tramos interrumpidos de escalera para crear la impresión de que la fuga era posible. El exterior, en cambio, sería un sueño de libertad. Que para el prisionero, sería la evasión. Que en el Castillo de If, sería imposible. Sin embargo, a la vista de Marsella, la isla contenía la promesa de la libertad. Sólo que nadie, desde If, ganaría a nado el puerto marsellés. La presencia de un barco de pescadores, rara y más que rara, se negaba a salvar prisioneros evadidos. Más extraño aún, un navío de contrabandistas como el que recogió, casi ahogado, a Edmundo Dantés.

Esta distancia de algo, por otra parte, visible, animó el trabajo de Cayo Morante en If. Los prisioneros del Castillo tendrían siempre a la vista el horizonte de la libertad: Marsella. Para ello, Cayo le daría a la cárcel una fachada aérea, transparente, que sirviese de marco ocular al puerto de la libertad.

Mas para que la libertad fuese deseada, era indispensable que la cárcel fuese espantosa, insoportable, un hoyo infernal.

De allí el doble propósito del arquitecto del Castillo de If. Darle al exterior una apertura de luz sobre el Mediterráneo. Pero darle a las celdas una sombría realidad, acrecentar la sombra, la humedad, la distancia insalvable entre el calabozo y la libertad, la luz, el mar, Marsella.

Cayo entendía, por todo esto, que para llegar al suplicio de la luz el arquitecto debía empezar por el foro de la tiniebla. Primero las celdas, con el propósito de llegar, paso a paso, al panorama exterior. A la luz.

Explicó a los trabajadores su proyecto. Fue bien entendido. Donde había una celda lóbrega pero aliviada por un alto rayo de sol, Cayo mandaba suprimir la luz. Si la noche se colaba desde otra altura, Cayo ordenaba cancelar la luna. Entre celda y celda, dispuso que se duplicara el espesor de las separaciones. Midió el tiempo que ayer le tomó al abate Faría rascar la piedra para llegar hasta Dantés. Lo duplicó: tomaría años, escarba y escarba, llegar de un *cachot* perdido al más cercano.

El equipo de trabajadores, con el que Cayo se llevaba bien, seguía sus instrucciones al pie de la letra. Al cabo de un año y meses de esfuerzo, los separos de If estaban casi listos y habría que pensar en la gran fachada de sol y aire que negase la sordidez de los espacios de castigo.

Sólo que una noche, sentado sobre una roca de la isla, Cayo Morante tuvo una doble ensoñación. Se preguntó, como todo ser activo,

¿para quién trabajo? y en seguida, ¿para qué trabajo?

¿Para quién? ¿Para qué?

5.

Cayo Morante había trabajado en Andalucía. No le extrañaba que se llegase a la perfección mística a través de la intensidad erótica. Sólo el afán pecaminoso de la cultura católica convertía a la carne en enemigo del alma. Si no se confesaran los pecados del sexo, los confesionarios se vaciarían de confesados y los confesores serían inútiles…

En cambio, la cultura de al-Andalus prohíbe el retrato para castigar al verbo y rodearlo de arquitectura. Esta fue la ilusión que animó el trabajo de Cayo Morante en Andalucía: levantar edificios, desplegar jardines que le dieran voz al silencio visual de los musulmanes.

¿Y en nombre de quién creó Cayo estos jardines andaluces?

Le sobrecoge la memoria, sentado esta noche frente a Marsella. Al caer de otra noche, Cayo Morante caminaba sin prisa por el Jardín de Murillo, entregado al rumor de los árboles y al avance de las sombras cuando, sin pensarlo, distraído, se topó —literalmente— con una sombra inesperada y la sombra tenía voz; dijo —un susurro— al joven arquitecto:

—Salí sin ser notada…

—¿Cómo? —exclamó Cayo con absoluta sorpresa.

—Dichosa ventura —dijo la mujer, pues femenina era su voz.

—No entiendo. ¿Adónde…?

—Adonde me esperaba quien yo bien me sabía…

—¿En secreto? —murmuró Cayo, guiado por un impulso amoroso.

—En secreto —le contestó la mujer. Lo tomó de la mano y lo condujo con ella a las calles más olvidadas de Sevilla.

6.

Si trabajaba para la mujer de Andalucía, también trabajaba —se dijo esa noche solitaria en la que, cumplida la primera fase de su obligación profesional, tomó un respiro— para levantar una cárcel.

La contradicción se apoderó de él.

¿Era compatible construir una cárcel para gente privada de la libertad y hacerlo en nombre de la libertad amorosa?

La pregunta turbó a Cayo Morante y puso en jaque, de repente, como suele suceder, al sentido mismo de su trabajo y a la aspiración erótica de su alma.

¿Se podían compadecer su amor de su trabajo, y este de aquel?

La idea lo turbó con intensidad. No vio, en ese momento de soledad nocturna, salida al conflicto que tan de pronto se suscitó en su espíritu.

¿Cómo terminar la obra sin perder a Carolina Grau?

¿Cómo regresar a Carolina Grau habiendo construido una prisión donde jamás cabría la mujer amada?

Tuvo una sensación de tristeza y de inutilidad. La divergencia entre un trabajo y su vida se le hizo patente, insoportable. Era como si un relámpago interior devastase su alma, separándola de sí misma, preguntándole si construir una cárcel era compatible con mantener un amor, o si amor y cárcel eran incompatibles, a menos que se edificara, en cambio, una cárcel de amor.

¿Cómo traer el amor de Carolina Grau a la cárcel del Castillo de If?

La pregunta lo desveló varios días. Se distrajo. Los obreros lo notaron. Lo miraron de manera distinta. ¿Con desconfianza? ¿Con recelo? ¿Ya no era uno de ellos? ¿Había desterrado el simple recuerdo de la mujer amada toda camaradería profesional entre arquitecto y trabajadores —una relación tan cuidada, en todo caso, en cada caso, por el profesional que era Cayo Morante?

—Pueden regresar a Marsella —les dijo a todos, convocados a la mañana siguiente.

Se miraron entre sí.

Miraron al capataz de la obra.

Éste habló y Cayo recibió sus palabras como una ofensa a la mañana de verano en el golfo de Lyon. Las nubes inmóviles. La brisa amorosa. El sol eterno. El puerto lejano.

—Perdone, arquitecto. Pero la obra no está lista.

—Lo sé.

—Entonces, ¿por qué…?

—Yo los llamaré para terminarla.

—¿Cuándo? —un tono de impaciencia se coló en las palabras del capataz, autorizando a los obreros —¿cuántos eran?, ¿veinte, treinta?— a murmurar "¿cuándo, cuándo?".

—Es que tenemos que encontrar trabajo en cuanto terminemos este, arquitecto.

—No importa —negó con un gesto Cayo Morante—. Tengo varias obras en marcha. Pueden…

—Pero es que…

—No se preocupen. Les aseguro que trabajo no les faltará.

¿El murmullo siguiente fue de duda, de aprehensión?

—Está bien. Lo que usted diga.

Porque Morante había tomado una decisión. Él se quedaría en la isla y desde aquí convocaría a Carolina Grau.

No terminaría, como pensó, por perder a Carolina Grau.

Traería a Carolina Grau al Castillo de If.

La mujer amada tendría aquí su lugar.

A condición de que sólo ellos dos, Cayo y Carolina, permaneciesen en la isla.

Cayo entendió entonces que había aceptado la comisión sin darse cuenta del propósito real, el que jamás entendería el pequeño burócrata de la oficina de prisiones, quien creía que el Castillo de If sería una obra más del famoso arquitecto Morante.

Nadie sino el propio Cayo sabía, como lo supo ahora, que If sería su obra final.

La cárcel de amor de Cayo Morante y Carolina Grau.

7.

Entonces Cayo Morante se quedó solo en el Castillo de If y su único deseo era que Carolina Grau llegase hasta aquí y los dos se encerraran para siempre en esta, su cárcel de amor.

¿Cómo iban a encerrarse, sin embargo, si el castillo tenía entradas y salidas y daba la cara al mar y a Marsella?

Cayo se dijo que la voluntad del amor ante todo crearía un espacio erótico sin salidas. Si Carolina Grau atendía la súplica de su amante, debía aceptar que, aislada con él en el Castillo de If, jamás se irían de aquí. El arquitecto sintió que, al fin, había encontrado un sitio sólo para Carolina y para él: un lugar sin horizonte y sin escapatoria posible.

Entonces, había que culminar la tarea de la construcción, antes de que llegara Carolina: If sería el lugar sin escape, la prisión que la burocracia le había encomendado, sin entender que sería sólo prisión para dos enamorados, Carolina y Cayo y nadie más.

¿Cuándo empieza a sentirse el triunfo de la belleza? Cayo se hizo esta pregunta cuando determinó frustrar la función del Castillo de If, renunciar a la gran fachada de aire y luz frente a Marsella que había sido su objetivo inicial. Y, en cambio, frustrar toda apertura, convertir el castillo en una sola, inmensa celda sin escapatoria posible para Carolina y Cayo, amantes aislados para siempre…

Cayo fue cerrando con muros de ladrillo todas las avenidas interiores del castillo. Que no hubiese escapatoria posible. ¿No era esa su misión? Que el prisionero de If no pudiese escapar jamás. Ni esconderse dentro de un saco de tela gruesa y grosera, como Edmundo Dantés. Ni como François Picaud encerrado en Fenestrelle y liberado para asesinar a su verdugo, Mathieu Loupain, ni Montecristo vengándose, uno tras otro, de sus enemigos Danglars, Mondego y Villefort, culpables del encarcelamiento de Dantés. Ni el abate Faría, muerto en If tras revelarle el secreto del tesoro del cardenal Spada a Dantés. Ni el abate anónimo que, moribundo, lega su fortuna a Picaud. Ni el abate, otra vez de nombre Faría o Farina, que trata de engañar con burlas mágicas a la sociedad napoleónica…

Nadie. Ninguno. Fantasmas todos. Protagonistas de historias contradictorias, inverosímiles como la hipnosis de Mesmer, como la eternidad de Swedenborg.

¿Resucitas de acuerdo con lo que fue tu vida? ¿O resucitas para empezar una vida nueva, distinta de la anterior? Cayo rió mientras cerraba toda avenida interna del castillo con muros de ladrillo. ¿Ácido sulfúrico? ¿Barras de fierro? La magia de Mesmer y Swedenborg le sobraba. El magnetismo animal no sabe de ácidos y barras. Se manifiesta por encima de cualquier obstáculo. La atracción de un ser humano por otro vence descontento y melancolía, era memoria dulce, era…

—Aislamiento —se decía Cayo Morante—. Amar es separarse de cuanto nos rodea. Amar es renunciar al mundo. Es escoger un espacio permanente para la pasión. Es instalarse en un espacio renunciando al movimiento. ¿Y no es el tiempo, inmóvil, el movimiento de la arquitectura?

Ladrillo tras ladrillo: no quería una sola salida del Castillo de If. Carolina Grau vendría aquí y con Cayo Morante, los dos unidos, permanecerían aquí para siempre.

¿Para esto había sido Cayo arquitecto?

¿Para llegar a este espacio, construirlo y cerrarlo?

¿Para ofrecerle a Carolina Grau, la mujer amada, un descanso final en la gran tumba levantada sobre el mar por Cayo Morante?

¿No era esta prueba suficiente de la pasión de Cayo por la mujer que una noche en Sevilla se entregó a él con palabras sagradas: "Salí sin ser notada… adonde me esperaba quien yo bien me sabía…"? Y le prometió regresar cuando le ofreciese un espacio igual a Andalucía pero diferente de Andalucía, un paraje nuevo porque Sevilla lo daba todo sin cobrar nada y Andalucía le pedía otro espacio, esta vez imposible, donde habría que pagar caro el amor, a menos que él, Cayo Morante, crease un lugar para el amor en una tierra avara, no generosa como la andaluza…

¿Qué iba a hacer él, arquitecto, sino construir un espacio para ella, Carolina, en tierra avara, tierra de trabajo y de razón, que ella le pedía a él que la transformara para ella en tierra de pasión amorosa?

El amor nos aísla de cuanto nos rodea.

¿Qué iba a hacer el arquitecto sino construir un espacio para el amor: un terreno aislado de toda conciencia humana, un lugar en el que conocer y amar no se viesen cercados por las demandas de la acción cotidiana como por las memorias de pasados persistentes? ¿Era posible crear y ofrecerle a la amada un lugar de placer ilimitado, un desmentido a la idea de que ningún placer nos satisface para siempre, un placer que nos deje asombrados para el resto de nuestras vidas, un placer inconcebible? ¿Un placer superior al que Carolina Grau sintió en brazos del joven abate Faría mucho tiempo antes, el amor que ahora ella le daría a Cayo Morante en el mismo lugar donde Faría se hizo viejo y murió: el Castillo de If?

¿Regresaría Carolina Grau a este islote con el que Cayo culminaba su carrera para ofrecerle a la mujer que quiso una sola noche y quiso para siempre, en Sevilla y confesando sus secretos?

¿Ella lo entendería?

¿Ella vendría ahora hasta él?

¿Él lograría, encerrados para siempre los dos aquí, rendirla para él mismo, salvarla de la pasión funeraria por un hombre muerto siglos antes, el abate Faría?

¿Vendría hasta If Carolina Grau por Cayo Morante o por el abate Faría?

Morante se acusó a sí mismo. Era un falsario. Atraería hasta aquí a la mujer que amaba a otro hombre. Una mujer que a Morante sólo le dio una noche de amor en Sevilla.

Ladrillo tras ladrillo. Argamasa y argamasa. Muro tras muro.

Cayo Morante terminó su trabajo.

No había escapatoria posible.

El Castillo de If era un dédalo de pasajes muertos que no conducían a ninguna parte, salvo a sí mismos.

La salida fue vedada.

El castillo se encerró en el castillo.

Jamás un prisionero podría escapar de aquí.

Cayo Morante había construido la obra final. Una obra perfecta porque no tenía salida ni continuación salvo en sí y para sí.

El arquitecto se sentó en un peldaño de una escalera que no conducía a ninguna parte y allí esperó la reaparición de Carolina Grau.

El dueño de la casa

La casa consta de cuatro pasillos cons-
truidos en torno a un cubo de ascensor. En tres
de los pasillos hay dos puertas que conducen a
otros tantos cuartos. El ascensor sólo sube y baja. Es dueño de su espacio. Debajo del aparato
no hay más que el vacío que el elevador recorre
con intermitencias inexplicables. ¿De dónde
viene? ¿Adónde va? ¿Dónde se detiene de vez en
cuando? ¿Por qué se detiene? ¿Quién lo mane-
ja? ¿Alguien lo utiliza? ¿Se mueve solo? A veces
me asomo al cubo del ascensor y no veo nada,
salvo una oscuridad de hierro viejo. No me engaño, empero, ni los engaño a ustedes. Levanto
la vista más allá del cubo y miro el cielo. Sólo
que mi cielo es más oscuro que un sótano.

Quisiera recordar un firmamento más
bello. Días más claros. Momentos de sol. Sol y
soledad. Sol y sociedad. Sol y saciedad. Los tér-
minos equívocos se pelean en mi mente desordenada. Quisiera recordar el origen de esta
situación. Me cuesta mucho, encerrado en esta
casa o edificio (debe ser edificio, por eso hay un
ascensor) donde todo es sombra, salvo esa zona
de luz vertical que ya mencioné y que uno llega
a creer que es el cielo y es sólo el piso superior

al techo sin amparo de un firmamento gris, envenenado por la polución.

Mi esfuerzo por recordar se confunde, por todo lo dicho, con mi esfuerzo por inventar. Si me dejo llevar por la imaginación, acaso llegue al recuerdo. Pero si intento recordar, empiezo a creer que imagino.

Digamos que alguna vez viví en este piso alrededor del cubo de ascensor. Pensemos que otro día tuve una llave para entrar a esta casa, tomar el ascensor y subir al piso más alto. Imaginemos que este era mi hogar. Recordemos que antes yo no vivía solo sino que me acompañaba una familia, tenía una esposa, conocía a mis vecinos. Imaginemos que un buen día perdí la llave de la casa. Yo estaba en la calle. Busqué la llave con la desesperada concentración que nos imponen las catástrofes minuciosas.

Supongamos que la llave estaba escondida, como en las películas, debajo del tapete de entrada. Esta solución me parece demasiado obligada, sencilla, convencional. Hasta que descubro la llave en el lugar previsto y me encuentro con la llave en la mano pero la llave no corresponde a la cerradura de la casa donde la encontré. ¿Cuál será la casa de la llave? ¿La casa? ¿Cuál casa?

El frío aumenta y la llave descansa en mi mano enguantada. Pasa una mujer envuelta en zorros y con la cabeza cubierta por un chal. Le pido a la desconocida que me indique la casa que corresponde a la llave que le muestro.

"Te conozco", me contesta ella. "Te conozco desde siempre. Tú y tus bromas".

La desconocida, con estas palabras, se convierte en mi enemiga.

Como si leyera mi pensamiento, ella me dice: "No lo soy. Lo seré" y sigue su marcha en medio de un frío de navajas.

Hubo una época en que gozaba de toda la autoridad en esta casa. Era respetado. Era obedecido. Tenía socios. Venían a verme. Tomábamos decisiones juntos. Pero algunas decisiones resultaban equivocadas. Las amistades se perdieron. Algo ocurrió. El casero que antes me respetaba empezó a hacerme caras hoscas. Me habló con tonos duros. Me faltó al respeto. En suma, me exigió el pago de la renta.

"La oficina", le dije, "la oficina se ocupa de esas cosas".

"Ya no hay oficina", contestó el casero con un rictus de amargura y ojos de desolación.

Subí al apartamento y todos se habían ido. Yo estaba solo. Me senté en la cama y pensé en mi vida. Repetí en mi mente las horas diarias de la rutina. De sólo pensarlo, me agoté. Una sucesión gris de minutos vacíos. Los mismos asuntos, las mismas soluciones, el regreso inevitable de los expedientes idénticos a sí mismos.

¿Me cansé de ellos? ¿O ellos se aburrieron de mí? ¿Por eso huyeron todos? ¿O por eso me recluí, quedándome solo? La verdad es que a medida que fui asumiendo mi solitaria condición, me fui dando cuenta del terror que supone vivir en una casa acompañado de mujer y familia, recibiendo socios y atendiendo asuntos.

Acaso porque quería acomodarme a mi nueva situación, estigmaticé mi vida anterior. Taché de horror lo que hasta hace poco era normal y empecé a normalizar lo que a todas luces era extraordinario.

Una noche desperté como de una pesadilla, sintiéndome aliviado.

"Ya no tienes que dar órdenes".

"Ya no tienes que envidiar a nadie".

"Ya no tienes rivales por el poder o por el sexo".

"Ya no estás obligado a congraciarte con el casero".

"Has perdido la autoridad".

Yo quisiera que ustedes comprendieran el alivio que estos pensamientos, desfilando ante mi despertar matutino, me provocaban. Lo malo es que mi naturaleza no me predispone ni a la confianza ni a la felicidad. El *bonheur*, la alegría de mis despertares, no tardaba en verse empañada, como un cristal de febrero, por el retorno incisivo de la duda escarchada.

¿Por qué me encontraba solo? Ya indiqué que mi vida había sido un calendario de la repetición. Ahora añado que la repetición nos agota a nosotros y aburre a los demás. El resultado es el abandono.

Este preciso silogismo no acaba de confortarme. Quiero decir que no me engañaba a mí mismo. Las razones que yo podría aducir para explicar mi abandono (o el abandono) no agotaban las posibilidades de la situación. A veces me deslizaba por la pendiente del absurdo, dinamizando mi simple estar. Nadie viene a verme, es cierto. Pero, ¿estoy seguro de que nadie se ha ido?

Ustedes entenderán que cuanto llevo dicho pertenece a la primera parte de eso que podríamos llamar mi abandono o mi soledad. Basta saberse solo para convertir el abandono en situación permanente. La novedad solitaria nos deslumbra tanto que la creemos eterna. No es así y el problema consiste en saber cuándo sabemos que la eternidad es pasajera. Durante las semanas siguientes, cogité acerca de la independencia de mi persona, puesta a prueba por este desamparo. Me pregunté si ahora sí podría demostrar que yo era un ser independiente. Las demandas inmediatas de mi vida anterior se habían desvanecido. Yo ya no vivía acompañado de nadie. Antes, estaba condicionado para cosas como la sociedad, la política, la fealdad y la belleza, el poder y el dinero, el amor, la familia y la pobreza de una ciudad que, a pesar de todo, yo seguía adivinando a través del cubo del ascensor y del cuadrilátero de cielo gris.

La prueba de que la eternidad no era mi óbolo me la dio un hecho muy simple. Una mañana desperté y sentí hambre. Todos sabemos que hay en nosotros una parte invernal gracias a la cual, cuando hace frío, imitamos al oso y dormimos en paz, sin contar las horas. Sólo que el oso, con sabiduría ancestral, se alimenta anticipadamente y luego duerme tranquilo, digiriendo con pausa, varios meses. Yo, en cambio, desperté con hambre y al cabo, con miedo. Era consciente de mi encierro en el piso más alto del edificio. Tenía hambre. Nada más sencillo que tomar el ascensor y bajar a la calle, comprar provisiones y regresar a mi alta cueva.

Corrí al ascensor y apreté botones. El aparato se movió, subiendo con lentitud. Se detuvo dos pisos abajo del mío. Apreté los botones, primero con seriedad, luego con irritación, al cabo con furia. El ascensor no ascendía. Esperé un rato. Volví a intentar. Nada.

Me recogí en mí mismo, decidido a vencer a la máquina y sus detestables caprichos. Cuantas veces llamé al elevador, el resultado fue el mismo. El aparato infernal se detenía dos pisos debajo del mío cuando yo insistía en llamarlo, me desobedecía con una carcajada de fierro e iniciaba un nuevo descenso.

Sintiéndome cada vez más una especie de robinsón en isla de cemento, me resigné a que, por ahora, no saldría de mi alto mirador sin vista porque en el instante sentía hambre, y con el hambre, no se piensa claro…

Una actividad sin sentido, así miraba ahora mi vida anterior a esta. Sin embargo, ¿qué determinaba aquella sino la constante combinación del azar, la libertad, la voluntad y el misterio? No hay vida, por banal que sea, sin estos componentes. Ayer y hoy. Sólo que ahora la libertad no existe y en consecuencia la voluntad flaquea, aumentando la medida del azar y, como su propia consecuencia, la del misterio.

Reaccionando contra esta suma de percances y oportunidades (iban juntos siempre), traté de ubicarme en el espacio que me era dado. Un cubo de ascensor vedado. Un cielo gris e inalcanzable. Una recámara desordenada, un lecho revuelto, un sueño pesado y un pasillo con ocho costados y seis puertas.

¿Por qué no las había abierto? Por la sencilla razón de que, hasta ahora, consideré que mi situación era accidental y pasajera. Desperté en la recámara y de ella, como era mi costumbre, saldría a hacer mi vida cotidiana. Pero el ascensor no subía hasta aquí. Quizás una de las seis puertas se abría sobre una escalera. Pensé: Si abro una de las puertas, ¿encontraría una escalera?

Junto con el hambre, empecé a sentir miedo… Piensen ustedes en mi miedo atenazante. Temí no tanto abrir una puerta tras otra y no encontrar escalones como abrir cualquier puerta y encontrarme con lo desconocido.

Por eso me acerqué, con tanta cautela como esperanza, a la primera. La abrí y la cerré con violencia. Entreví un espacio oscuro en el que sólo brillaba un mar de ojos verdes y grises, acompañados del maullar incesante y aterrador de una jauría de gatos. ¿Salvajes? ¿Domésticos? El olor a orines era más fuerte que las miradas sin párpados de la tribu felina que me recibió rechazándome desde una noche eterna de miradas hambrientas y ronroneos hipócritas.

Un gato saltó a la puerta, arañando el vacío, ladrando. Yo la cerré y me pregunté si cada una de las seis salidas (¿o eran entradas?) de mi

apartamento me reservaban sorpresas o me auguraban costumbres. Abrí la segunda puerta y
me topé con un barullo a la vez infernal y mag-
nífico, difícil de precisar, dado el movimiento
veloz de las figuras. Me fijé en seguida en los
rostros velados por antifaces negros, ocultando
las facciones de los rostros polveados, las bocas
pintadas, los lunares postizos y las pelucas blancas de un grupo de festejantes ruidosos, anima-
dos, que expulsaban un aroma frenético de
perfume y sudor, provocándome una doble sensación de repudio y acechanza. Algunos —muy
pocos— me miraban. Los que me vieron para-
do en la entrada me observaron, unos, con amenaza —¿los interrumpía?—, otros con
cordialidad. Y esta era más amenazante que
aquella. Yo estaba en el umbral de un mundo vecino pero ignorado al cual podía, a la vez, perte-
necer o ignorar. Bastó que pensara esto para que
todos los ojos se volteasen hacia mí. Vi entonces
que este grupo regocijado que había invadido
una recámara de mi apartamento se dejaba llevar
por emociones encontradas al verme aparecer.
Sus murmullos me llegaban sordos pero
elocuentes.

Viene a interrumpirnos.
No es de los nuestros.
¿Quién es?
¿Quién lo invitó?
¿Qué hace aquí?
Invítalo.
No. Córranlo.
Córranlo.
Córranlo.

La fiesta galante avanzó hacia mí como un solo hombre (o mujer: los sexos parecían indeterminados y canjeables). Eran una sola bestia: las máscaras no sólo disfrazaban las identidades, sino las intenciones. Todos me miraban y avanzaban con pasitos de minué, vestidos a la usanza del siglo dieciocho, empolvados, empelucados, con trajes de corte, miriñaques y bastones, haciendo gala de un lujo desmentido por el nauseabundo olor que emanaba de sus cuerpos colectivos, un olor de perfume olvidado, de leche cuajada, de axilas y entrepiernas descuidadas, de mierda en los calzones de seda, de bastones con filo de espada ensangrentada...

Mugieron. Como vacas, mugieron, amenazantes.

Cerré la puerta, sudando frío.

Creo que caí rendido sobre mi lecho desordenado. Peor era el desorden de mi cabeza, y entre la fatiga y la confusión, me olvidé del hambre y me dormí, pensando (o acaso soñando) que mi gran tentación era dejar de inquirir, renunciar a todo, evadir responsabilidades.

Una habitación llena de gatos amenazantes.

Un salón de fiesta entregado a una lujuria insensata y por ello, también, amenazante. Súbitamente, caí en la cuenta de que los gatos que parecían maullar en realidad ladraban y los festejantes que debían reír en verdad mugían. Me pregunté si tanto la guarida de los gatos como el salón de la fiesta no eran sino hechos de mi imaginación, fragmentos del sueño que, volviendo a dominarme, quizás nunca me había librado de su larga noche. Las sombras me cobijaron ahora y en mi soledad recobrada imaginé que cuando se mete el sol nos acercamos a lo que no podíamos ver de día. Oigan ustedes con qué empeño nos proponemos —o me proponía yo solo— darle razón a mi existencia persiguiendo a las sombras, prestándoles sentido y solicitándoles que configuraran mi nuevo tiempo, lo cual ya era una aceptación de que mis días serán distintos. ¿No lo fueron siempre? Por más monótonos que pareciesen, ¿no era cada una de mis horas anteriores distinta de la siguiente, de la anterior? ¿No me lo decían, día tras día, la calvicie creciente, las canas en las sienes, el crecimiento profético de las cejas, las uñas cada vez más largas: estás cambiando?

Digo lo anterior para que entiendan todos ustedes mi comportamiento. Si los incidentes de las dos recámaras —los gatos ladrando, la fiesta mugiendo— habían sido soñados, al despertar yo me sentía obligado a confirmarlos en la vigilia. Si habían sido soñados, me correspondía comprobar que eran sólo sueños. En cualquier caso, me esperaban cuatro puertas más y un misterio que comenzaba a perfilarse: ¿Qué buscaba yo detrás de las puertas? ¿Cuál era el motivo profundo de mi curiosidad, más allá de circunstancias sobre las cuales, ya se los dije, yo no tenía dominio alguno? ¿Sólo buscaba alimento?

Ustedes que me escuchan comprenden que yo no tenía, en vista de lo dicho, que continuar abriendo puertas. Los gatos ladraban. Los orgiastas mugían. ¿Alguna puerta se abría sobre la coincidencia normal de la presencia y la voz?

Es curioso que las lenguas nombren de maneras tan distintas y significativas un cuadro mudo de objetos inertes. *Still life*, vida inmóvil que por serlo acaso se movió antes o se moverá mañana. *Nature mort*. Naturaleza muerta que por definición, también, antes era naturaleza viva —o volverá a serlo—. Todo va de par en francés y en inglés: el cuadro es un instante de la vida que fue o será. En cambio, en español decimos *bodegón*. Realismo extremo que le niega tiempos anteriores o posteriores de existencia a las cosas, consignándolas al espacio de una bodega, una cava, una tabla de cocina o una mesa de comedor.

Un bodegón. Eso encontré al abrir la tercera puerta. Una disposición inerte de liebres y pájaros, al lado de naranjas, lechugas, limones, tomates, berenjenas, coles y nabos. Aquellos sangrientos, estas jugosas, y un río rojo y plateado corriendo de un espacio al otro, del lugar de las liebres y las aves, que habían vivido, al de las frutas y verduras, vivas aunque separadas de sus ramas y hortalizas nutrientes. Fue esta coexistencia de frutas y cadáveres lo que impresionó mi ánimo al abrir la tercera puerta, esperando una vez más la negación del cuerpo por la voz ajena —gatos ladrando, orgiastas mugiendo— y encontrándome con un mundo de silencio negado, sin embargo, por un fluir inaudible de la sangre al jugo y del jugo a la sangre.

Alargué la mano. Entendí en el acto que esta era la tentación original, el desafío bíblico, tocar lo prohibido, aprovechar la inmovilidad mortal de una fruta indefensa. ¿Había observado bien lo que miraba? ¿Era esta sólo una "naturaleza muerta", vida detenida, bodegón? ¿Había engaño intrínseco en el alma del ofrecimiento detrás de la puerta: el engaño de cosas vivas disfrazadas de objetos muertos?

Escudriñé la zona de oscuridad que los bodegones siempre se reservan para crear contraste y en consecuencia realidad. Está prohibido ser inocente en el paraíso. Mejor entrar a él cargado de cautela, sospecha y agresiones frenadas. Con razón. Desde el fondo bruñido del espacio pictórico, emergió muy lentamente, acaso convocada por mi mirada curiosa e insatisfecha, una forma que sólo era el perfil de las sombras mismas. ¿Mi mirada acostumbrándose a la oscuridad descubría una forma latente en el cuadro? ¿O la forma misma avanzaba hacia mí desde un escondrijo pictórico vedado, en primera instancia, a mi mirada?

Entonces escuché la voz. Digo voz como antes dije "ladrido" (del gato) o "mugido" (de los bacantes). Digo voz y el misterio persiste porque las palabras no tenían cuerpo, sólo tenían eco, eran un sonsonete lejano que poco a poco iluminaba el espacio más hondo del cuadro (¿era cuadro, era representación, era realidad?). Era una plegaria cada vez más íntima y audible, *agnus Dei, qui tollis peccata mundi*, cordero de Dios, que quitas los pecados del mundo. Y entonces el espacio (¿el cuadro, el cuarto?)

se iluminó para revelar al cordero atado de patas, mirándome con una insoportable súplica, sabiendo de antemano que yo no podía penetrar en su espacio, socorrerlo, desatarle las patas, recogerlo, traerlo a mi mundo y salvarlo de la muerte. ¿Pintura, escenografía, espejismo, realidad? ¿Cómo iba a saberlo, señores? ¿Ustedes habrían definido, en un momento como ese, la realidad?

Realidad de la inocencia, del sacrificio, del mal. Todas ellas me avasallaron. El cordero era inocente. Había que sacrificarlo en bien de los demás. Jamás borraríamos el signo del crimen inscrito con sangre en nuestra frente.

Tendí las manos hacia el cordero. El cordero me miró con una mezcla insufrible de inocencia y culpa.

La tercera puerta se cerró, abandonándome en medio de una cacofonía de ranas, gansos, ratones, caballos, lechuzas, niños.

Busqué el origen del rumor.

Sólo vi un pasillo solitario, lleno de hojas muertas.

Un viento silencioso las levantó.

En cambio escuché un rumor de pies descalzos. Sentí la felicidad y el miedo de una compañía probable. Porque hasta ahora, todo signo de vida se originaba detrás de las puertas cerradas, abandonándome a la soledad en los corredores donde alternaban el rumor y el silencio.

¿Alguien me acompaña desde ahora?

En seguida perdí la ilusión. El rumor de pies descalzos provenía de otra puerta, la cuarta de mi recorrido. Me acerqué a ella. Oí. ¿Por qué sabía que las pisadas detrás de la puerta eran descalzas? No por el rumor —pensé desquiciado—, sino por el olor. Un intenso olor de incienso y de cera derramada salía por los quicios de la cuarta puerta, incitándome a abrirla. ¿Invitándome? ¿Obligándome? Por un momento incierto pensé que habiendo abierto la primera puerta, no podía dejar de abrir las cinco restantes. O todas o ninguna. Tal era el pacto no escrito de mi nueva vida. La soledad me obligaba a jugar todas las cartas del reencuentro con los hombres y las cosas. La regla, me di cuenta, era sólo una: o juegas todos los números o no juegas ninguno; o destapas todas las cartas o se las devuelves boca abajo al croupier.

Abrí la puerta y un rayo de luz iluminó un par de pies descalzos. La luz era tan brillante que ocultaba el resto del aposento. La disposición de las penumbras era un misterio que yo debía penetrar, acostumbrándome tanto a la luz como a la tiniebla. A medida que mis ojos disipaban esta y se acostumbraban a aquella, el misterio de los pies descalzos se aclaró.

Lo digo rápido pero tomó tiempo. Yo ya no veo lo que antes veía. Debí transformar mis hábitos mentales a fin de aceptar esta novedad. Mi pensamiento se empecinaba en mantener un repertorio de imágenes que eran, ya, consecuencia y antecedente las unas de las otras. Aunque no correspondiesen a la verdad, las etiquetas se imponían para ahorrarnos la verdad.

La sonrisa de la Gioconda es misteriosa y antigua. El hombre de la mano en el pecho de El
Greco es la imagen del hidalgo español. Los au-
torretratos de Rembrandt son el mejor espejo
de la edad de un hombre: adolescente, adulto,
anciano. Y Goya dice la verdad: los sueños de
la razón producen monstruos.

Iba pensando todo esto a medida que di-
sipaba las sombras de la celda monacal detrás
de la puerta número cuatro, aunque el hecho
mismo de penetrar la oscuridad iba, si no ne-
gando, al menos transformando las ideas fijas
con las que me acercaba a la composición posible de esta celda que bien podría ser sólo una
pintura de Zurbarán. La Mona Lisa es una mujer sin misterio, una buena burguesa italiana
que tuvo la suerte de conocer a Leonardo, quien
la convirtió en La Gioconda y la despachó de
regreso a sus previsibles faenas cotidianas. El
hombre de la mano en el pecho es un individuo
cruel y egoísta, indiferente al dolor y a la belleza,
apenas el hombre medio sensual engalanado por
el arte de El Greco. Despojado de su sensualidad
y poder igualmente malditos para ascender al
limbo asexuado y pulido del gran arte —el arte
de Domenico Theotocopoulos, no del ingrato ca-
ballero—. Rembrandt se pinta a sí mismo de la
juventud a la ancianidad no como un acto sin-
cero y verídico, sino como un disfraz supremo
de su propia mortalidad. ¿Qué otro recurso pre-
fotográfico tenía un artista para ofrecerse a la in-
mortalidad si no el de pintarse rumbo a la muerte
y esconder tras una mirada resignada la enorme
soberbia de imponer retroactivamente la

imagen de la juventud como rostro original y por lo tanto último? El joven Rembrandt no mira hacia delante porque desconoce el porvenir. El viejo Rembrandt tiene la oportunidad de mirar hacia atrás porque conoce el pasado y porque es un artista, ofrece el pasado como eternidad.

Y Goya pinta primero al hombre sabio de la ilustración española —Gaspar Melchor de Jovellanos— sentado en un sillón, pluma en la mano, libro abierto sobre una mesa, a punto de pensar, escribir, vigilar. Acto seguido, Goya duerme al filósofo sobre el mismo sillón, la tinta se derrama y los murciélagos y las lechuzas sobrevuelan al filósofo, devorando su razón, sepultándolo en las fosas más oscuras de la pesadilla y el horror. La noche del vampiro. La pregunta de Goya es la siguiente; ¿cuál de las dos versiones preferís? Porque el grabado del mal sueño es genial y la pintura de la vigilia es mediocre. ¿Con cuál os quedáis? ¿Y qué precio pagaréis por salvaros de la maldad del bien para alcanzar la bondad del mal?

El monje de la celda se va revelando gracias a la costumbre de mi mirada. Es un viejo calvo y austero en cuyos ojos se contempla un mundo contingente y corrupto. El monje escribe. ¿Qué escribe el monje?

¿Qué escribes, monje?, me atrevo a preguntar.

El hombre me mira. Deja caer el papel. Arroja la pluma como un dardo. Derrama la tinta negra sobre su blanco hábito. El monje salta, me da la espalda, se levanta el hábito, me

muestra su trasero desnudo, la indecencia de
sus nalgas blancas y arrugadas, las aparta, mira
al mundo, me mira a mí con la gracia espantosa
del ojo del culo, su hoyo escarlata y negro, emblema de su profesión de fatales ataduras terre-
nales e imposibles aspiraciones místicas.

El monje me dispara a la cara su ventarrón divino, un pedo silente, maligno, más apestoso que el ruido, cargado de digestiones sagradas
—porque los dioses digieren y expulsan lo que
devoran—. Un pedo mostaza, un callo disuelto
en vapores oscuros, un anuncio de retortas noc-
turnas y retortijones matutinos, un pedo fratri-
cida, eucarístico, disolvente de su propia
profunda esencia, un pedo que victimiza a las
flores y contamina las aguas, el pedo empero li-
beral y libertino, ventarrón de la libertad, asfixia
de las buenas costumbres, neblina de las sábanas,
carcajada sin voz, excusa de la cortesía; el que sigue corre por mi cuenta: pedo. El gran perfume
de las nalgas. La ofrenda sagrada del ojete, el anillo de matrimonio de los maricones, el ano invisible de la castidad matrimonial. No hay estatua
con ano: los santos no se tiran pedos. Air France.
Aeroméxico. Finnair. British Air. Redes Aladas.
Pedos salados. Pedos al lado.

Pido excusas a quienes me escuchan. A
todos ustedes. He tratado, a lo largo de mi discurso, de ceñirme al tono cortés y distante de los
relatos anteriores. Sé muy bien que la distancia
y la cortesía permiten que el horror subyacente
se manifieste de una manera más fría y

poderosa, no como sueño de la razón sino como vigilia de la semi-razón. Perdón. He faltado a la regla no escrita de nuestro encuentro. Me he dejado llevar por el exceso del lenguaje, aunque me permito preguntarles a todos ustedes, fina compañía de terrores dominados por la buena educación, ¿hemos de sacrificar a las buenas maneras la potencia oculta del lenguaje? ¿Podemos para siempre ponerle una tapadera al volcán del verbo? Me excuso pero me justifico. Estamos aquí sentados alrededor de una mesa en un restaurante elegante pero a una hora poco usual. Nos comportamos como si pudiésemos ofender a los comensales de las mesas vecinas. Sólo que aquí no hay más clientes que nosotros. Sin duda existe una razón para que todos nos expresemos de manera parecida. Con fórmulas de cortesía y giros de urbanidad que sin embargo no alcanzan a excluir la violencia de algunos hechos aquí narrados. ¿Queremos potenciar la violencia negándola verbalmente? ¿Mi violencia verbal de hace un instante disminuye la violencia interior de lo que les narro? Es posible.

Aunque la verdad acaso sea que he tratado de postergar, con el lenguaje, los hechos. La realidad también son las palabras y las mías, de quererlo o no, han servido de aplazamiento entre un horror y el siguiente.

Me faltan dos puertas, si la aritmética no me falla. Me acerqué a la siguiente con la premonición de que algo me esperaba, peor o mejor que lo ocurrido en la celda del monje. No apostaría ni en favor ni en contra. Maldije la lucidez repentina que me iba alejando del estado onírico del cual emergía al principio de mi historia, instalándome en un conflicto entre saber e ignorancia, incapaz de atribuirle a la sabiduría sólo el pensamiento elevado ni a la ignorancia sólo los bajos instintos, sino declarándole miseria al pensamiento y dándole nobleza a la ignorancia. Ustedes —todos sin excepción— se reservan un secreto, creen que el secreto es la defensa final de la persona —hasta que nos entierran y ya no hay secretos que contar.

Abrí la puerta número cinco.

¿Saben lo que es una fuerza desconocida? Yo me limitaré a decir dos cosas acerca de lo que me encontré al abrir la puerta. La primera, que hay actividades sin sentido. Esto lo sabemos todos. Queremos darle razón y destino a nuestros actos, ocultando la sospecha de que son inútiles. Al abrir la puerta, lo que vi me pegó en el corazón: mis actos eran inútiles. De un solo golpe desapareció mi yo —mi ser independiente—, fundiéndose en una oscuridad que tenía cuerpo, una gran noche corpórea en la que reinaba la respiración. Digo bien: el movimiento de inhalar y exhalar era el habitante de la sala abierta. El espacio construido en sí mismo del cual no emanaba nada. Una respiración viciosa, enferma de su propio aire corrupto, circulando sin salida en esta gran boca negra que me invitaba a penetrar en ella al tiempo que me vedaba la entrada.

Hice un gran esfuerzo por distinguir alguna forma dentro de la oscuridad absoluta. Le di a la negrura el perfil de mis obsesiones. Esa era la tentación de la noche, pero también la salvación de mi presencia. ¿Cómo explicar lo que sentí? En el umbral de la quinta estancia se amontonaron en mi ánimo sensaciones muy opuestas, como si ahora mismo y aquí mismo se decidiera mi vida y mi vida fuese apenas —y demasiado— una serie de elecciones que se sucedían en el calendario normal, pero se presentaban simultáneas en el tiempo de mi nueva vida. Era como si antes viviese una novela de orden sucesivo, página tras página, y ahora mirase un cuadro de exigencia visual inmediata. Por más que reconociese los detalles de un pequeño lienzo de Goya —¿dónde lo había visto?— llamado *El Naufragio*, al cabo se impondría la visión inmediata sobre cualquier viaje sucesivo. Todos los elementos —mar agitado, rocas desoladas, seres desesperados, confín de gran grisura azulada— formaban un todo visual, de la misma manera que la lectura de un soneto de Góngora formaría un todo verbal. Sólo que Goya era inmediato y Góngora sucesivo.

Aquí, todo era inmediato y sucesivo. Digo que el desfile de sombras era transparente sólo porque cada sombra se sucedía a sí misma sin abandonar del todo la forma precedente, sin fundirse o convertirse una sombra en otra. Y al mismo tiempo, la transparencia espectral mostraba, como sostén del espíritu, una pared de ladrillo rojo. ¿Salían las figuras del muro colorado o entraban a él? ¿Era el fluir, natural y sobrenatural a la vez, de una figura en la anterior y la siguiente el dejarse ser como pura

transparencia para mostrar las paredes de ladrillo, lo que constituía la realidad e irrealidad
compartidas del desfile de seres intangibles?

Pensé, temerario, acercarme a ellos. To-
carlos. El paso mismo de los espectros me im-
ponía una distancia y una cercanía irresolubles.
Las miraba cercanas. Las sentía no sólo lejanas,
sino ausentes.

Creo que fue esto lo que me detuvo en
el umbral de la quinta estancia. Mi propia in-
certidumbre acerca del acto de entrar o no, de
acercarme o alejarme. Porque el desfile constante de estas ánimas (¿cómo llamarlas?) era una
tentación (únete a nosotros) y era una adver-
tencia (maldito seas si no lo haces). Un estira y
afloja que no me permitía, como hubiese deseado, distinguir, al menos distinguir, no entrar a
la pieza ni mostrarme en el umbral, sino darme
cuenta, separar una figura de otra, la que veía
en ese instante de la que la precedía y de la que
la continuaba, hecho imposible porque cada figura contenía a la anterior al mismo tiempo
que proyectaba a la siguiente.

Amigos que me escucháis: yo no quiero
entrometerme en lo que relato; quiero ser lo
más objetivo posible, no quiero darles nombres
a las siluetas —tan ajenas, tan cercanas— que
desfilan en un gran círculo sin dirección frente
mis ojos.

Entonces adelanté una mano y la retiré
espantado.

El frío que sentí en mis dedos no era el
frío del hielo, la noche de invierno o la sábana
solitaria. No era ni siquiera el frío del abandono

o de un mar inmóvil. Era *el frío*, la esencia del frío, la ausencia total de temperatura. Miré mi mano. Mis dedos habían cobrado un color anaranjado. Mis uñas se habían caído, revelando la carne viva de las perlas.

Y el espacio mismo que había osado tocar se había detenido.

Quiero que me entendáis. La ronda de la quinta sala era constante. Nada se detenía. Hasta que adelanté la mano y la retiré, quemado. Entonces miré el lugar que había tocado. Un cuerpo primero helado estalló en llamas, escuché un grito terrible proveniente de la cabeza oculta (o echada de lado o hacia atrás, no lo sé). Era un grito de dolor y asombro, de cólera y venganza, una invitación indeseada, un rechazo abismal. Era un sueño encarnado, una premonición cumplida.

Yo había tocado lo intocable y ahora lo intocable sufría —quise imaginarlo— porque había sido tocado y temía —un nubarrón pasó por mi mirada— porque temía que lo invisible fuese visto.

Señores: ¿Digo todo esto porque lo imaginé sin tener testimonio de nada? ¿Le doy vida a los hechos sólo porque los cuento? ¿O esos pobres seres condenados a deambular en círculos para siempre no querían verme a mí y yo los obligué —a uno de ellos, por lo menos— a reconocer mi intrusa presencia?

El sólo pensar esto me retrajo a retirarme del umbral y cerrar con fuerza la puerta de la quinta cámara. Cerrarla con enorme esfuerzo. Apoyar mi cuerpo entero contra la puerta.

Del otro lado, ellos se agolpaban, golpeando con los puños, empujando con todas sus fuerzas, ¿para escapar, para atraerme hacia adentro, para liberarse, para impresionarme?

Todos ustedes conocen la reacción tan humana de la fuga hacia adelante. Enfrentados al miedo, a la derrota, a una situación sin salida, preferimos tirarnos de cabeza al porvenir que limpiar la basura del pasado. Debo decirles que en aquel momento yo sentí que recuperaba mi humanidad en un hecho libre, incesante, pero que sólo me pertenecía a mí. Era como si, hasta entonces, mis movimientos obedeciesen a una impulsión fatal, exterior a mi persona. Si había seis puertas, había que abrirlas todas, una tras otra, con el pretexto baladí de encontrar una salida y bajar a comer. Seguí este mandamiento ajeno, impuesto, les aseguro, no por mi voluntad sino por una mera sucesión numérica y una cierta necesidad de orden. Soy un rehén pitagórico.

Ahora, sin embargo, la rebelión de la quinta puerta despertó en mi propio ánimo la rebeldía. Si los espectros escondidos detrás de la puerta querían, con escándalo, salir del aposento fantasmal y entrar a la estrecha avenida de mi existencia, ¿no era signo de mi libertad abrir de nuevo la puerta, exponerme a ellos, subvertir el orden de las sucesiones, hacer instantánea la vida detrás de la puerta —la vida de esos seres sin cuerpo y la vida del corredor—, la vida de mi propio ser, hasta ahora corpóreo?

Con cautela pero sin miedo, convencido de la razón de mi razón, ajeno en todo a la razón de la sinrazón que gobernaba la vida en mi entorno, me acerqué de nuevo a la puerta número cinco, detrás de la cual los puños de gente sin cuerpo golpeaban tratando de escapar.

Empujé la puerta. Mis manos tocaron una madera ardiente. La puerta no cedía. Empujé con más fuerza. Otra fuerza, más débil que la mía, iba agotándose del otro lado, como en una batalla desigual en la que la persistencia del débil acaba por derrotar al poder abrumador y abrumado del enemigo. Imaginé que si detrás de la puerta había un pueblo de fantasmas, era concebible que los fantasmas tuviesen sus horas puntuales de terror y que fuera de ellas sólo se comprobaría que no existían o peor aún, que no provocaban miedo.

De esta manera racionalicé mi absurda situación, empujando la puerta número cinco, experimentando primero resistencia, luego renuncia paulatina, al cabo la derrota de la resistencia, la puerta abierta y mi propia mirada victoriosa pasando como una tormenta eléctrica del triunfo al azoro al temor puro, al miedo a la vez confesable e inconfesable, como si el espacio del otro lado de la puerta fuese mi vergüenza personal, mi más triste mentira, mi propio espejo desprovisto de reflejo.

Abrí la puerta sobre lo indescriptible.

Sólo sé que el vacío se abría a mis pies.

Sólo entendí que habiendo mirado lo que allí miré, jamás podría describirlo.

En mi terror, apenas logré echarme hacia atrás, cerrar la puerta ya sin resistencia y alejarme de la visión maldita, indescriptible…

Hoy, delante de ustedes, puedo razonar. En aquel momento, todo discurso huyó de mi cabeza, como si la visión del precipicio anterior me hubiera robado no sólo razón sino memoria, deseo, forma. Como si una sola visión totalmente inesperada, ausente de mi repertorio de imágenes previas, hubiese obnubilado mi capacidad de mirar el mundo.

Cuando regresé al equilibrio, me pregunté si de ahora en adelante me movería en un mundo concluido o en un mundo por hacer.

Tal era la confusión de mi espíritu, la idea de que ya no veía lo mismo que antes y la certidumbre creciente de que había visto la cara de la igualdad y que la igualdad sólo significa que todos debemos morir.

Esta certeza, filosófica y corpórea a la vez, se iba convirtiendo a cada paso, mientras me alejaba de la maldita puerta número cinco, en otra forma de la fe personal: Sólo sé que yo voy a morir.

Puedo creer que esta razón nebulosa dictó lo que en seguida hice: moverme para probarme a mí mismo que existía, que no había desaparecido en el gran vacío de la inexistencia propuesta por los inquietos espectros de mi terrible ausencia de memoria, actualidad y porvenir… Hice una apuesta mortal. No ceder a la atracción del vacío, sino vencer a la nada dando el siguiente paso, a sabiendas de que sólo me quedaba una puerta por abrir y que, acaso, en esa puerta estaban mi salud posible o mi destrucción probable.

Sólo que mis palabras se iban adelgazando al pronunciarlas. Aun antes de decirlas, mis sílabas perdían consistencia, se evaporaban dentro de mí. A cada paso, yo perdía independencia. No porque dejara de pensar con lucidez y autonomía. Sólo porque mi pensamiento no llegaba a traducirse en palabras, como si mi cuerpo mismo perdiese solidez y se fuese volviendo plano, sin más dimensión que la de un retrato.

En ese momento, mientras yo avanzaba hacia la última puerta impulsado ya no por mi voluntad, ni siquiera por la fatalidad, sino por el viento frío que iba creciendo en el cubo del ascensor e invadiendo todo el espacio de mi apartamento, me hice preguntas abruptas, el tipo de preguntas que cuando uno goza de salud y de buen humor, aunque también de sino, se hace a solas o para divertir a los demás:

¿Existe un yo independiente?

¿Es la muerte la continuación de la vida en otra escala?

¿Es la muerte una lenta transición?

¿Es la muerte sólo un nuevo estado de conciencia?

¿La muerte es irse quedando solo?

Empujado hacia la puerta última por el viento, yo quise vencer estos pensamientos que me arrojaban de bruces a un futuro que dejaba de ser desconocido para tornarse indeseado, apelando —con desesperación— a la memoria, asociando la memoria a la vida misma, consciente de que el recuerdo sí cabría en una hoja de papel, que el pasado era apenas unas palabras, una creación, acaso una firma solitaria…

No conté con que al recordar sentiría nostalgia y que la nostalgia podía ser también pesadumbre. Porque no había memoria sin otra persona que la compartiese o impulsase y esa otra persona podía ser no sólo el objeto del amor pasado sino el anuncio de la desaparición futura.

La zozobra que se apoderaba de mí tomó color de luto. He dicho que las sombras, a lo largo de esta aventura, me cobijaban. Ahora, poco a poco, me amenazaban. Me devoraban. Yo supliqué por un instante que el sol no se pusiera. Me di cuenta de la vana estupidez de mi deseo. El sol jamás había penetrado la capa de bruma del cielo de mi ciudad. Mi cielo era más oscuro que el sótano de este edificio rancio. Ahora las sombras crecían no sólo en torno mío, sino en mi interior. Y mi interior no tenía dimensiones.

No supe quién era yo. Quería oír de nuevo el ladrido de los gatos, el mugido del carnaval, la oración del cordero…

Ya no oía. Sólo miraba.

Se abrió la sexta puerta.

No tuve que abrirla.

Se abrió sola.

Una mujer cargaba en brazos a un niño muy rubio. Tan rubio que emanaba luz. Tan luminoso que parecía brillar.

La mujer parada en el quicio de la puerta me miró intensamente.

Luego de varios segundos, me señaló con el dedo.

Sin dejar de mirarme, le dijo en voz muy baja al niño —¿tendría siete, ocho años?:

—Míralo. Es tu padre, Juan Jacobo…

—Qué raro es —dijo el niño.

—Es una mala fotografía —dijo la madre.

—¿Voy a parecerme a él? —preguntó con una especie de temor el niño.

—Espero que no —dijo severamente la madre.

—¿Dónde está él?

—Es una fotografía, nada más.

—¿Y qué hay detrás del retrato, mamá? Ella sonrió.

—Niño preguntón. Hay lo que tú quieras imaginar.

—Hay seis puertas.

—Muy bien. ¿Y detrás de cada una?

—Gatos, perros…

—¿Y luego?

—Una fiesta de disfraces.

—¡Excelente! ¡Brillante!

—Y en la tercera puerta, un cordero atado de pies.

—¡Bravo! Me encanta tu imaginación, chiquillo.

—Luego el monje loco.

—Bah. Eso lo viste en la tele.

—Espera, mamá. Faltan tres puertas. En la cuarta, fantasmas.

—Huuy.

—Y en la sexta, tú y yo.

—Te saltaste la quinta puerta.

—No hay quinta puerta.

—Cómo no, sí que la hay.

—¡No! ¡No la hay! ¡No la abras, mamá! ¡Te lo ruego, Carolina, deja las cosas en paz!

—Cálmate, niño. ¿Por qué te pones así?

—No sé. Mejor mira la foto de papá.

—¿Dónde?

—Allí, en el marco. ¿No lo ves? Fíjate, mamá. No se mueve. Es nuestro.

—Es que está muerto, muchacho. Es sólo una foto.

Índice

Este libro se terminó de imprimir en
noviembre de 2010 en los talleres de
Página Editorial S.A. de C.V.,
Calle Progreso No. 10
Col. Centro, C.P. 56530
Ixtapaluca Edo. de México.